임주형 산문집

스
포
트
라
이
트

대|경|북|스

스포트라이트

1판 1쇄 인쇄 2022년 7월 11일
1판 1쇄 발행 2022년 7월 15일

지은이 임주형

발행인 김영대
펴낸 곳 대경북스
등록번호 제 1-1003호
주소 서울시 강동구 천중로42길 45(길동 379-15) 2F
전화 (02)485-1988, 485-2586~87
팩스 (02)485-1488
홈페이지 http://www.dkbooks.co.kr
e-mail dkbooks@chol.com

ISBN 978-89-5676-913-4

책머리에

누구도 같은 사람이 될 수 없으므로 자신의 삶을 살아가는 방법을 알려주는 사람은 사실 없습니다. 그래서 모두가 그렇듯 저 역시 어렵습니다. 내 선택이 맞았는지 틀렸는지, 그 또한 좋은 경험이 될 것인지는 해봐야 알 수 있습니다. 그렇게 멈추는 법이 없는 시간은 흘러갑니다. 다만 한 가지 확신할 수 있는 것은 누구나 고독한 시간을 맞이한다는 것이죠. 그때 우리 개인은 성장합니다. 그 때문에 없어서는 안 될 시간이죠. 꿈이 있든 없든 솔직히 상관없습니다. 가장 찬란하고 아름다운 스포트라이트가 비추는 곳은 자신이 행복할 수 있는 곳이니까요.

저는 돈을 많이 벌었거나 성공한 사람도 아니고, 유명한 작가도 아닙니다. 한없이 부족한 필자일 뿐이지만 그런 제

글이 당신에게 한 문장이라도 와 닿을 수 있는 위로가 되기를 바라며 진심을 녹여냈습니다.

두 번째 저서를 출판하고 대경북스 김영대 대표님께 두 번째 저서가 흥행하지 못했고, 세 번째 저서까지 흥행하지 못할까 봐 두렵고 죄송하다며 결핍의 심정을 드러냈을 때 김 대표님께서 한 마디 해주셨습니다. "어떤 열매를 맺을지는 몇 년은 지나봐야 알 수 있는 거잖아요."라고 말입니다. 저는 눈시울이 붉어질 수밖에 없었습니다.

아울러 원하는 색을 요구하지 않고 제 색깔을 믿고 출판의 기회와 편집하는 동안 더 진한 물감이 되어 준 대경북스, 그리고 임주형이라는 필자의 독자가 되어준 당신에게 영원히 감사할 것을 약속합니다.

소상공인의 한 사람으로 코로나 19 팬데믹 상황을 지나오면서 예민함과 수많은 사투를 벌이며 이 책을 집필했습니다. 비록 고독한 시간을 만나더라도 달빛과 동행하며 어쩌면 아주 가까운 곳에 있을지 모르는 당신만의 빛을 만나기를 바라며….

필자 임주형 올림

차　례

제3부 국밥집 사장, 그리고 배달원으로 산다는 것

제4부 삶 속에서 깨닫고 얻는 것들

제5부 나를 살게 하는 인생의 가치

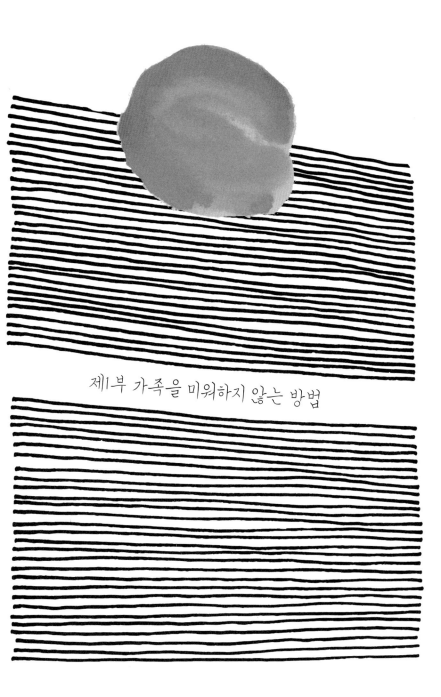

제1부 가족을 미워하지 않는 방법

잠들기 전까지 기분이 좋아지려면 매일 하루 중 타인에게 질타보다 칭찬을 더 많이 하면 된다. 타인을 대하는 태도가 내 기분이 된다. 처음 만난 사람에게 작은 선행이나 칭찬을 하게 되면 심장이 크게 뛸 거다. 심장이 뛰는 이유는 그 순간 용기를 내 달라는 내 마음의 신호다. 한 번의 용기가 하루의 기분이 된다. 이 점을 알면 삶이 달라질 거다. 기분이 안 좋을 때는 더욱 숨지 말고 이를테면 근처 카페에 들러 한마디 해라. "사장님! 여기 커피가 최고로 맛있어요."

진짜 소중한 사람이라면 포기하라

나는 현재 작은 국밥집을 운영하고 있다. 종업원이라고는 어머니 한 분뿐이다. 장사를 시작하기 전에 카페를 운영하고 있던 알고 지내는 형이 말했다.

"다른 건 몰라도 가족하고 같이 일하면 안 된다."

이 말을 미리 들었지만 속으로는 이렇게 생각했다. 내가 우리 어머니랑 일하면서 과연 다툴 일이 있을까? 항상 효도하고 싶은 마음이고, 가끔씩 보면 볼 때마다 늙어가는 모습을 봐야 하니까, 그나마 매일 보면 늙어가는 모습을 덜 느낄 수도 있지 않을까 하는 좋은 생각들로 가득했었다.

4년째 장사를 이어오고 있지만, 그때 그 형의 말을 들었어야 했다는 생각도 든다. 어머니는 매일 봐도 봐도 더 늙어가고 계신다. 그 원인은 바로 나였다. 다툴 수밖에 없는 결정적인 이유는 세대 차이다. 어머니는 10년, 20년 전의 장사 수단을 변함없이 고수하고 계시고 나는 시대의 흐름에 따라 변화를 주려고 하기 때문이다.

이를테면 배달 주문 건의 주소를 익히려고 하지 않으려는 어머니의 태도를 들 수 있다. 주소를 잘 모르기 때문에 주문이 동시에 두 개 이상이 들어왔을 때, 같이 묶어서 가야 할 곳에는 묶지 않고 안 묶어야 할 곳을 묶어버리는 상황이 발생했고, 매일같이 어머니에게 잔소리했다.

"어머니 시간 있으실 때 스마트폰으로 주소 공부 좀 제발 하실 수 없나요? 장사가 몇 년째인데 아직도 그러고 계신다는 게 말이 됩니까?"

이렇게 말해도 우리 어머니는 절대 스마트폰을 들여다볼 사람이 아니다. 처음에는 부드러운 어조로 시작했었는데, 오순도순 사이좋게 식당을 꾸려나가고 싶었는데 매일 다투고 있다.

"어머니 도대체 이 머리카락이 눈에 안 보이세요? 이게 안 보일 정도면 은퇴하실 때가 된 것 아닌가요?"라며 막말을 쏟아낸 적도 있다.

그러던 어느 날 배달 앱에 말라 비틀어진 공깃밥이 왔다며 항의성 악성 리뷰 하나가 달렸다.

"어머니 아니 어떻게 이런 밥을 손님한테 보내실 생각을 하셨어요? 이건 진짜 좀 너무한 거 아닌가요? 요즘에는 고춧가루 한 톨이 장사를 좌우하고 한 번 실수는 용납이 안 된다는 거 모르세요?"

그때 어머니는 고기를 썰고 계셨는데 한마디 하셨다.

"나 자신이 너무 미워서 지금 들고 있는 이 칼로 손가락을 내려치고 싶다."

그리고는 눈물을 터뜨리셨다. 그 순간 모든 게 무너졌다.

"앞으로 다시는 잔소리 안 할게요. 미안해요. 어머니."

어머니 자신도 엄청난 스트레스를 받고 있었다는 것과 어머니는 그저 당연한 존재가 아니었다는 생각을 그제서야 했다. 내가 너무 못난 불효자식이 돼버렸다는 생각과 죄책감에 숨통이 조여왔다. 어머니를 안고서 미안하다고 죄송하다고 말하면서 식도에 힘을 주고 눈물을 삼켰다. 그때 글귀를 하나 써뒀다.

'원래 저것밖에 안 되는 사람이야.'

'원래 저런 사람이야.'가 아니다.

소중한 사람에게서 오는 고민을
덜고 싶다면 나와 다름을 알고
그 사람을 온전히 포기하되 말없이
전보다 더 아껴주면 되는 것이다.

이후로 이 글귀는 소중한 사람을 어떠한 순간에도 아끼고 사랑할 수 있는 보호막이 되어 주었다. 나를 낳아준 어머니라고 하더라도 나와는 다른 사람이고 살아온 환경과 배경, 또 각자 살아온 성장기가 다르므로 비슷한 DNA를 가지고 있다고 하더라도 후천적으로 성향과 관념이 다를 수밖에 없다. 따라서 개인은 모든 타인을 받아들일 때 가장 먼저 나와 다름부터 인정할 수 있어야 한다. 이러한 행위를 통해 서로 이해하게 되고 나아가 대화가 이루어진다. 나는 이것을 '진실한 소통'이라고 부른다.

혼자 생각하고 판단해서
타인도 같은 생각을 할 것이라며
단정하지 않는 것만으로도
적당히 좋은 사람이 될 수 있다.

누군가와 오래된 사람일지라도

아무리 비슷한 성향일지라도

심지어 처음 본 사람일지라도

생각이란 지문처럼 다르며

이 마음가짐이 존중의 본질이 된다.

어머니가 눈물을 보이신 다음 날 말했다.

"어머니 혹시 헷갈리는 상황이 발생하면 전화를 주세요. 오토바이 헬멧에 블루투스 핸즈프리 장치가 되어있으니 위험하지 않아요."

그리고는 한쪽 귀에만 꽂을 수 있는 블루투스 이어폰을 드렸다. 물론 어머니는 귀가 아프다며 이틀 만에 이어폰을 던져버리셨지만. 또한, 이 깨달음으로 다툼을 만들지 않는 개인의 루틴을 수없이 만들어낼 수 있다는 사실을 알게 됐다. 이 글귀 말고도 어머니와 다툴 것 같을 때는 2 PAC 작사·작곡, 박진영이 편곡한 GOD의 〈어머님께〉를 듣는다. 이 노래를 들으면 어머니를 안아 드릴 수밖에 없기 때문이다. 가장 가슴에 와 닿는 가사를 인용한다.

어머니와 내 이름의 앞글자를 따서 식당 이름을 짓고 고
사를 지내고 밤이 깊어가도 아무도 떠날 줄 모르고 사
람들의 축하는 계속되었고 자정이 다 돼서야 돌아갔어.
피곤하셨는지 어머님은 어느새 깊이 잠이 들어 버리시고
는 깨지 않으셨어. 다시는

이 시공간의 흐름에 나와 어머니가 있다는 것은 단 하
나의 기적이다. 감사한 마음으로 이 노래를 반복해서 듣고
또 듣는다. 내게 소중한 사람이 있다면 그것은 기적이고
소중한 만큼 그 사람을 포기하고 더 아껴줄 방법을 연구해
야 한다. 이것이 비로소 미워하지 않는 유일한 방법이며,
오랜 사랑이다.

우리는 하나의 촛농이다

어머니의 능력치가 급격히 떨어진 적이 있었다. 그 시점은 외조모가 돌아가시게 된 이후로부터라고 생각한다. 할머니가 요양병원에 계실 때 어머니는 매일 먹을거리를 손수 만들어 날랐다. 전화를 자주 주고받았고 먹고 싶은 게 있다고 하시면 투덜투덜하면서도 정성을 담았다. 그러던 중 시간은 결국 할머니를 데려갔다.

예상은 했어도 죽음은 항상 갑작스럽다. 마지막 살아계신 네 분 중 한 분이 외조모였다. 어머니가 기댈 수 있었던 마지막 한 사람이 아니었을까 하는 생각이 들었다. 어머니는 하염없이 슬퍼하셨고 나 또한 그랬다. 어릴 때 세 분이 돌아가셨지만, 성인이 되니 다가오는 느낌이 달랐다. 장례식 첫날밤 시를 한 편 썼다.

촛농이 다 녹아야 불씨가 꺼지고
쉼표의 회색 연기를 뿜는다
목숨은 하나의 촛농이다

전부라고 생각했던 불씨는
언제나 일정하게 타올랐었고
모든 것이 촛농에 녹아 있었다

소중한 생명을 떠나보냈을 때 누구든지 이 시를 읽게 된
다면 가슴이 먹먹해질 거다. 이 시에 공감하지 않을 수 있
다면 얼마나 좋겠느냐만 언젠가는 공감해야만 한다. 맛집
에 줄을 서도 내 차례가 오고 귀경길에 차가 막혀도 언젠
가는 도착한다.

갑갑했던 미성년이 가면 금쪽같은 20대를 얻게 되고,
세상의 참맛을 느낄 때쯤 그 20대도 과거 속에 묻어야 한
다. 우리의 삶도 촛농처럼 일정한 속도로 타들어 가고 있
다. 할머니를 보내드리고 다시 가게로 돌아오는 길에 어머
니가 말했다.

"이제 다음은 우리 차례다."

이 말을 듣고 이후로부터 가끔 잠들지 못하고 시간이 야속해서 몸서리치고는 했다. '다음은 내 부모 세대구나. 언젠가는 어머니가 없이 남은 삶을 살아야 하는 날이 오겠구나.' 같은 두려운 생각들 때문이다. 우리는 어떠한 순간에도 일정하게 타오르고 있다. 그래서 매 순간을 자각하고 행복함과 감사함의 의미를 부여해야 한다. 시간이란 기다리는 법이 없기 때문이다.

자기 합리화는 100번 적는 것이다

어릴 적 가정사에 어머니 이야기가 나오지 않는 것에 대해 궁금해하는 독자가 있을 거라는 생각이 들어 미리 조금이나마 설명하는 시간을 가져보겠다.

나는 장미 농원을 운영하던 부부의 아들로 태어났고, 내 위로 5살 터울의 누나가 있다. 당시 화환 규제가 시작되면서 농원은 망했고, 그때부터 아버지는 술에 의존하기 시작했다. 아버지는 점점 폭력적인 성향을 보였고, 내가 7살이 되던 해 어머니는 훗날을 도모하며 떠났다. 그때부터 가난과 배고픔과의 사투가 시작된 거다.

그 후로 아버지 본가로 들어와서 몇 년간을 보내게 되었다. 빚이 많았기 때문에 아버지는 누군가에 쫓겨 항상 도망칠 준비를 했다. 그렇지만 나에게는 오히려 좋은 시간이

었던 것 같다. 할아버지, 할머니와 짧게나마 시간을 보낼
수 있었기 때문이다. 초등학교 1학년 운동회 때는 할아버
지가 학교에 찾아왔었고, 2학년 때는 큰고모가 부모의 빈
자리를 대신했다. 그때 큰고모가 헐렁이는 바지를 보시고
는 멜빵을 사주셨는데, 큰고모도 얼마 전 돌아가셨다. "고
모, 멜빵 어디 갔습니까? 멜빵 어디 갔는교?"라며 얼마나
울었는지 모른다.

　다시 이야기를 이어가자면 초등학교 3학년 때부터는 계
주에서 1등을 해도 뛰어가서 안길 사람이 없었다. 얼마 전
내가 다니는 헬스 사우나에서 할아버지 손을 꼭 잡고 온
손자를 봤다. 나는 난생처음으로 할아버지가 보고 싶어서
목욕탕 샤워기를 틀어놓고, 눈에 비눗물이 들어간 듯 눈
물을 흘렸다. 내 할아버지는 일요일마다 목욕 도구가 들
어 있는 쾌쾌한 신발 가방을 들고서 목욕탕에 나를 데려갔
다. 내 몸의 때를 아버지보다 더 많이 밀어주셨고, 머리칼
을 잘라야 할 때는 대학교 인근 이발소로 데려가서 이발을
시켰다. 몇십 년이 넘어 보이는 골동품 자전거에 나를 태
우고는 어디든지 다녔다. 그 후로 내 자전거가 생겼고 할
아버지를 졸졸 따라다녔다. 은행 통장도 할아버지가 만들

어줬고, 가끔 내가 잘못이라도 할 때 혼내는 역할도 할아버지 몫이었다. 그 와중에도 아버지는 나를 겁주려고 집에서 한참 떨어진 어느 산에 버리고 간 적이 있었다. 그때 나는 집이 어떤 방향이고 어떻게 하면 돌아갈 수 있을지 알고 있었음에도 정반대의 방향으로 해가 질 때까지 걸었다. 한참을 걷다가 밤늦은 시간 집으로 돌아왔는데, 할아버지와 할머니가 얼마나 반겨줬는지 모른다. 문득 사우나에서 손자 녀석을 보고 '저 꼬마 아이가 할아버지의 모습을 과연 얼마나 기억할 수 있을까?'라는 생각을 했다. 그래서 슬펐던 거다.

초등학교 3학년이 되던 해 할머니가 돌아가셨다. 나는 어릴 적 할머니를 좋아하지 않았다. 손이 쭈글쭈글해서 통닭같은 먹을 것을 주실 때 항상 거부감이 들었다. 어린 날의 나는 할머니 손이 왜 쭈글쭈글한지 그 사유에 대해 알수가 없었다. 그래도 할머니는 사촌 누나들을 피해 우유를 숨겨 와서는 몰래몰래 먹였다. 또 친누나를 보며 늘 시집가는 건 보고 나서 죽어야 한다며 눈물을 흘리셨다. 할머니는 시장 바닥에서 생선을 팔아가며 7남매를 키웠다고 한다. 요즘 사람들인 우리가 옛사람들을 생각하면 이해할 수 없을 만큼 존경스러울 따름이다. 그렇게 할머니가 돌아가시고는 본가를 매각했다.

누나는 배드민턴 선수였기 때문에 합숙 생활을 했고, 아버지와 나 둘만의 동거가 시작됐다. 매일 밤 술주정에 시달려야 했는데, 그 단칸방에서조차 평온하게 잠을 자는 일이 극히 드물었다. 매일 밤과 새벽이 두려웠다. 내가 도대체 뭐가 그리 미웠는지 가끔 이어지는 폭력을 피해 이불 속으로 도망가기에 바빴다. 술에 취해 문이 안 열린다고 문을 쾅쾅 발로 차거나 유리창을 깨트릴 때면 심장이 터질 듯이 요동쳤다. 지금도 어떠한 소리에 잠이 깰 때면 심장이 먼저 반응한다.

그렇지만 좋았던 기억도 많다. 아버지와 캐치볼도 자주 했었고, 낚시에도 데려갔었고, 장난감도 잘 사주셨다. 이처럼 술을 안 먹었을 때는 아주 좋은 사람이었다. 다만 술을 안 먹는 날이 거의 없었기 때문에 괴로웠던 거다. 그래서 지금도 술을 좋아하는 사람을 싫어한다. 장사 초기에 술에 취해 가게 바닥에 가래침을 뱉는 거구의 동네 건달을 10차례 넘게 집어 던져서 참교육을 시켰던 일화가 있을 정도다.

이 이야기는 나중에 다루기로 하고 10살 이후로는 겨울에도 찬물로 샤워했다. 물론 옛사람들은 당연한 일이었겠지만 어린 내가 감당하기에는 쉬운 일이 아니었다. 그릇이 쌓여서 설거지해야 하는데, 손이 꽁꽁 얼어서 미칠 것만 같았다.

친구 어머니들은 내가 집에 놀러 왔다고 하면 뭐라도 해서 먹였다. 나는 어린 시절 그 친구들과는 연락이 소홀해졌어도, 어머니들과는 아직도 연락이 된다. 이때 '각골난망'이라는 사자성어를 알았다. 초등학교 졸업식 때는 같은 반 친구 어머니가 사진을 찍어줬고, 중국집에 데려가 짜장면을 사줬다. 그 중국집은 내가 살던 동네에 아직도 있다.

중학교 1학년 때는 다른 중학교 친구와 서열 다툼으로 싸움을 벌였는데 결국 지고 말았다. 싸움에서 패배한 것도 서러웠는데 그때 학교에서는 나를 다른 학교로 전학을 보내려고 했다. 마침 체육 선생님께서 10m 공기권총 사격 선수의 꿈을 키워보지 않겠느냐고 제안했다. 대신 상제 전학이 아니라 선수로서의 꿈을 가지고 갈 수 있다고 해서 나는 수긍을 했고, 다른 학교로 전학 가서 2학년이 되던 해까지 사격 선수로 시절을 보냈다. 그쯤 누나가 나를 시내로 불러냈고, 자그마한 중국집에서 짜장면을 시켜주고는 전화기를 꺼내 어디론가 전화를 걸었다. 그리고는 나를 바꿨다.

"일단 받아봐라."

뭔가 모르게 받고 싶지 않았다.

"여보세요?"

수화기 너머 들려오는 울음 섞인 숨소리가 들려왔다. 그때야 어머니의 음성을 알게 됐다. 7살에 떠난 어머니의 모습은 정말 아주 어렴풋이 기억이 났지만, 목소리는 도통 기억나지 않았고, 가끔 꿈에 나타날 때조차 아무 말이 없었던 어머니였다. 그때 내 심정은 그대로 통화를 끝내고 싶었다. 어머니가 나를 떠난 이유를 알 수 없었기에 제법 원망까지 했었던 것이다.

그 후로 아버지 몰래 낯선 어머니를 가끔 만났다. 외할아버지는 어머니가 나와 떨어져 있는 동안 돌아가셨다고 했다. 어머니는 만남이 있을 때면 용돈을 주기도 했고 옷을 사주기도 했다. 늦게나마 어머니의 존재를 알았고 중학교 2학년 시절이 끝나갈 무렵 사격을 그만뒀다. 자연스레 방황이 시작되었고, 소위 말하는 비행 청소년이 됐다. 그리고는 3학년이 되던 해 유급했다.

중학교 졸업식 때 졸업장을 안고 거니는 또래 친구들이 조금 부러웠지만 1년 늦게 중학교 과정 검정고시 시험을 봤다. 고등학교에 입학하기 전 눈 내리던 겨울날 몇 년간을 외로이 지내시던 할아버지가 돌아가셨다. 그때도 몰랐다. 할아버지가 이렇게까지 그리워질 줄은 말이다.

고등학교 입학 후에는 새벽까지 아르바이트하는 날이 많았지만, 다행히도 졸업은 했다. 내가 군대에 있을 때 누나가 시집을 갔다. 그쯤 아버지와 어머니는 다시 이어졌다. 어쩌면 내가 직장 동료로서 어머니와 함께 있을 수 있는 까닭이 있다면 어린 날의 결핍 때문일 거다.

성인이 되기 이전까지의 나의 역사를 간략하게 알아봤다. 나는 이러한 가정사를 언제나 공개하고 싶어 하지 않아 했다. 결국, 누군가의 눈에는 흠으로 보일 수 있기 때문이다. 하지만 나는 지금 산문을 쓰고 있고 독자의 이해를 도와야 한다. 이 또한, 나만의 자기 합리화다. 그리고 지금의 나는 과거의 아픔을 발판 삼아 수없이 무너졌지만, 다시 일어났으며 누구보다 정정당당하게 살아가고 있지 않은가?

20대 초반까지만 하더라도 이러한 가정사는 나중에 장가갈 때 악영향이 될 거로 생각했다. 하지만 틀렸다. 사랑하는 사람에게는 비밀이 없어야 하며, 서로 믿고 의지할 수 있는 사이가 되어야 하기 때문이다. 또한, 평생 외로울지 몰라도 결혼하지 않으면 그만이다. 수없이 무너져도 다시 스스로 다시 일어날 수 있는 자신을 위로하는 수단과 방법, 그것은 타인에게 피해가 가지 않는 자기 합리화의 긍정정인 방법이다. 매 순간 찾아오는 내적 갈등을 자기 합리화로 이겨냈던 거다.

이 글을 쓰면서 많은 것을 추억했다. 자료를 찾던 중에도 십몇 년 동안 잊고 지냈던 아버지 몰래 감춰둔 어머니와 찍었던 사진을 수첩 수납함에서 발견했다.

언제나 내적 갈등에서 비롯된 자기 합리화의 순간을 기록하라. 그리고 이겨 냈다는 발자취를 남겨라. 어떠한 일을 앞두거나 갑작스레 고난이 찾아오거나 그것이 중첩될 때, 또는 도저히 자기 생각으로 방법이 없을 것 같을 때, 이겨낼 수 있는 자기 합리화의 방법을 소개한다.

메모장을 꺼내거나 스마트폰 메모장 앱을 켜서 '할 수

있다.'라는 말을 100번 적는 거다. 이 주문은 진짜 마법이 된다. 그냥 머릿속을 '할 수 있다.'라는 말로 빼곡히 채워버리는 거다. 요즘 마스크를 써야 하는데 빨리 벗고 다닐 수 있으면 좋겠다만 오히려 잘된 일이다. 끊임없이 중얼거려도 사람들이 못 알아본다. 그리고 진짜 이 주문을 통해 마법을 맛본 사람들은 앞에 두 자를 더 추가시킨다.

"더 잘할 수 있다."

이것이 긍정의 본질이다. 쓰는 대신 복사하여 붙여 넣기는 의미가 없다. 이 부분은 밑줄을 쳐도 된다. 그래도 안 되면 다른 것을 하면 되지 않겠는가?

강조하지만, 자신의 자기 합리화는 사실 독창적이기 때문에 긍정적인 영향을 얻었다고 하더라도 저마다 생각과 관념이 다르므로 타인에게 강요하면 안 된다. 자신에게 정답은 자신에게만 정답이지, 타인에게는 오답일 수 있으며 부정이 될 수도 있기 때문이다. 앞선 내용보다 이 점을 먼저 알아두기를 바란다.

아버지는 어떤 선물을 원할까

군 시절 단 한 번 면회를 와줬던 단 한 사람이 있다. 그 사람은 내 아버지였다. 이등병 때였는데 부산에서 충북까지 먼 걸음을 하시면서도 군부대에는 없는 양담배를 잔뜩 사 오셨다. 위병소 옆 벤치에 앉아서 아버지를 마주 보는데, 말 그대로 소리 없는 눈물이 뚝뚝, 뚝뚝 흘러서 30여 분간 고개를 들지 못했다. 아버지가 메고 온 가방 안에서 소주 두 병이 부딪치는 소리를 들었기 때문이다.

나는 아무 말도 하지 못했고 아버지 또한, 침묵을 지키셨다. 그리고는 "면회 길게 하는 건 눈치 없는 행동이다. 다시 돌아가라."라는 말을 남기시고는 1시간도 안 돼서 부대를 떠나셨다. 아버지가 떠나시고 나서 그 벤치에 남아 멈추지 않는 눈물을 홀로 달래고 있을 때 우리 분대의 실세인 상병 말 호봉의 선임이 와서 나를 달랬다.

나는 "아버지가 술을 많이 드셔서 건강이 좋지 않습니다. 그게 걱정입니다."라고 말했다. 그랬더니 "주형아, 어차피 내가 전역하면 부산에 있는 대학으로 복학해야 하니 내가 너희 아버지를 가끔 모실 테니까 걱정하지 마라."하고 위로의 말을 건네줬다.

그 후로 우리가 전역했을 때쯤 되레 이 선임의 아버지가 공단의 화재 사고로 갑작스레 세상을 떠나셨다. 그때 나는 미안하다는 말밖에 할 수 없었다. 위로받았던 그날이 생각나서 복합적인 감정에 휩싸였기 때문이다. 그렇게 나는 내 아버지가 미웠어도 군 생활 내내 아버지 걱정이 앞섰던 거다.

초등학교 시절 야구선수의 꿈을 키웠을 때 부모님들이 서로 돌아가면서 간식을 부담해야 했는데, 컵라면 하나에 김밥 한 줄은 기본이었다. 내 차례가 되면 동기 어머니가 아버지를 대신해서 미니 곰보빵 하나씩을 돌리고는 했었다. 아버지는 어쩌다 학교에 방문할 때면 삽을 하나 들고 와서는 말없이 투수 마운드를 홀로 다지고 가셨다. 나는 감독님의 상습적인 폭행과 비난의 눈초리를 이기지 못하고 야구를 일찌감치 그만뒀다. 좋은 판단이었다고 생각한다. 위대한 야구선수들은 모두가 가난했다고 하는데, 그고난을 이겨냈기 때문에 위대한 선수가 됐을 거다. 훗날 내가 많이 맞았던 이유가 다른 부모들에 비해서 금전적 지원이 없어서였다는 것을 알게 되었다.

대부분 작가는 산문에 자신의 결핍을 드러낸다. 써도 될지 말지 고민을 많이 했을 거고 자신의 과거를 돌아보면서 많은 감정과 생각이 들었을 거로 생각한다.

한날은 어머니께서 "부모를 팔아서라도 좋은 글을 쓸수 있으면 그렇게라도 해라."라는 말을 해주신 적이 있다. 어머니 본인도 언젠가 나를 떠났던 그해를 모티브로 해서 《서른아홉 살 그해》라는 소설을 쓸 거라고 했다.

사실 평화로운 가정은 극히 드물다. 그래서 고난을 겪어보지 않은 사람도 거의 없을 거다. 이 주제의 메시지가 '세상에서 가장 어려운 존재는 아버지다.'라는 것인데 무슨 말을 주절주절했는지도 잘 모르겠다. 가끔 거울을 보면 내 모습이 아버지와 너무 닮아 있어서 깜짝 놀란다. 그렇지만 나이를 한 살씩 먹어갈수록 왠지 모르게 아버지와 점점 멀어지는 것 같은 기분이 든다. 어릴 적 선생님이나 어른들이 아버지 뭐 하시냐는 질문에 "막노동요. 택시 기사요."라고 말하면서도 항상 눈물을 흘렸었다. 아버지가 미웠고 부끄럽기도 했었다. 그렇지만 내가 눈물을 흘렸던 이유는 아버지를 사랑해서였을 거다.

연예인 김창렬이 한 날 방송에서 말했다. "사고뭉치인 삶을 살다가 효도해야 하겠다는 생각이 들 때쯤 이미 부모는 세상에 없었다."고.

이처럼 알면서도 부모라는 존재는 어려운 거다. 할아버지가 돌아가시기 전 몇 년간 7남매 중 아버지 혼자서 할아버지를 돌보셨다. 마지막만큼은 효자가 되고 싶으셨나 보다. 나는 내 부모가 거동이 편하실 때 남은 시간을 최대한 함께 보내고자 한다. '적어도 진행형이라면 늦었다고 생각할 때가 가장 빠르다.' 글귀 하나를 남겨본다.

선물할 때는 마지막이 될 수도 있다는 생각으로 숙고하여 전하라. 하지만 가장 값진 선물은 사랑한다는 고백.

죄송하다는 사죄와 그에 따른 용서처럼 마음에 있는 말을 숨기지 않고 진심 그대로 전달하는 것이다. 고가의 물질적인 것보다 어려우며 어쩌면 전하지 못할 소중한 선물을 언제까지 마음속에만 아껴 둘 것인가?

묵례할 줄 아는 사람이 돼라

초등학교 저학년쯤 할머니가 돌아가시고 할아버지 본가를 매각하게 되면서 전학을 가던 날, 할아버지와 둘이서 전학 절차를 끝내고 교무실을 나와 교문까지 걸어 나왔다. 나는 그저 계속 걸어가려고 했다. 그랬더니 할아버지께서 말씀하셨다.

"뒤로 돌아라. 할아버지가 하는 거 잘 보고 따라 해라."

할아버지는 교문에 서서 학교를 바라보며 차렷 자세를 하셨고, 이내 고개를 숙이고 인사를 하셨다. 나도 할아버지를 따라 인사를 했다. 할아버지가 말씀하셨다.

"이것을 묵례라고 한다. 떠날 때 그동안의 감사한 마음을 표하는 거다."

글을 쓰는 지금도 할아버지가 너무 보고 싶다. 나는 왜 할아버지가 살아 계실 때 묵례하지 못했는가? 두 분 다 술을 좋아하셨다는 것 말고는 할아버지와 아버지는 성향이 조금 달랐다는 생각이 든다. 아니면 아버지가 가르쳐주지 못했던 것을 할아버지로부터 배웠기 때문일까? 그날 이후로 나는, 감사함을 느낄 때마다 묵례했다. 여러 차례 전학을 다녔을 때도, 초등학교를 졸업할 때도, 고등학교를 졸업할 때도 회사에서 해고를 당해서 그만둘 때도, 또 TV나 스마트폰으로 존경스러운 사람을 보거나 감사함을 느낄 때도 묵례했다.

얼마 전에는 제2차 세계대전 당시 나치 독일군으로 복무했던 요제프 슐츠라는 군인을 알게 됐고 그의 순고한 정신에 묵례했다. 독일군은 1941년 아돌프 히틀러의 명령으로 유고슬라비아를 전격으로 침공했다. 유고슬라비아 국민은 티토가 이끄는 파르티잔 활동으로 독일군에게 대항했다. 독일 국방군 714사단에 배치된 슐츠는 전날 파르티잔과 전투를 벌였고, 독일군은 파르티잔으로 의심되는 주민 16명을 생포해 학살하려고 했다. 그때 슐츠는 주민들이 무고하고 결백하기에 자신은 이들을 쏘지 않겠다며 거총

명령을 거부했다. 동료는 슐츠의 행동에 모두 당황했고 중대장은 슐츠를 명령 불복종으로 간주하고 즉결 처분 명령을 내렸다. 처형당하는 유고슬라비아인이 슐츠의 손을 잡아줬다고 한다. 또한, 슐츠가 마구간의 처형대로 걸어가는 사진 한 장이 남아있다. 그 독보적인 정신에 깊은 깨달음을 느꼈고, 감사한 마음을 묵례에 담아 보냈던 거다.

세상의 시간이 흐르는 동안 무고했던 사람들이 얼마나 많았겠는가? 나는 이 점에서 전혀 관련이 없을 수도 있지만, 역사의 흐름이 조금만 바뀌었어도 내가 이 세상에 현존할 수 없었을 수도 있지 않았을까? 하는 생각이 들었다. 주제와 조금은 어긋났을지도 모르지만 나는 이 이야기를 들려주고 싶었다.

지금 감사할 수 있을 때 감사하라. 지금이 과거가 됐을 때 그때가 어쩌고저쩌고하며 감사하기에는 늦다. 많은 것을 보고 느끼고 범사에 감사를 아끼지 마라.

제2부 벌써 옛날이 되어버린 이야기들

안 해보고 안 된다는 것을 아는 사람과 해보고 안 된다는 것을 아는 사람의 차이는 겁쟁이와 강한 자의 차이와 같다. 안 해보고 안된다는 것을 알면 다음번에도 안 하는 사람이 되고, 해보고 안 된다는 것을 알면 다음번에는 할 수 있는 사람이 된다.

최선의 경험을 자료화할 때

가끔 과거의 일들을 떠올리면 기뻤을 때보다 힘들었을 때가 더 많았던 것 같다. 당연히 고생을 많이 했기 때문일 거다. 기억에 남아있지 않으면 아무것도 아니다. 따라서 경험으로 삼는다는 말 뒤에는 최선이 따라와야 한다. 그래야만 이처럼 기억할 수 있고 경험이라 말할 수 있다. 나머지는 말 그대로 흘려보내는 거다.

실력과 융통성 또한, 경험으로 성장한다. 이 경험에서 한 가지 이상을 잃는다. 명예와 금전일 수도 있고 사람일 수도 있다. 이러한 순간들을 만날 때마다 삐딱해진 나를 인정함과 함께 바로 세우려 노력하고, 이 사실을 알고 반성과 깨달음으로 잃을 때 무수한 것들을 얻어내야 한다.

무속인의 점괘보다 정확한 것이 경험인 만큼 경험이 적은 사람이 많은 사람의 생각을 따라갈 수 없는 절대적인 이유다. 자신이 부족한 까닭은 언제나 이 점이다.

어린 시절 한 장면이 떠오른다. 열여덟 살 때쯤 치킨집에서 배달 아르바이트를 했었다. 나는 실업계 고등학교에 다녔기 때문에 학교를 마치고 헬스장에 들렀다가 출근을 했다. 한 날 친한 친구가 장난삼아 로우킥을 내 허벅지에 날렸는데, 너무 아파서 순간적으로 화가 난 나머지 동그란 하얀색 플라스틱 페인트 통을 발로 찼다. 하지만 페인트 통이 날아가지 않았다. 아, 누가 주차를 못 하게 하려고 그 통 안에 시멘트를 가득 채워 놓았던 거다. 결과는 처참했다. 엄지발가락이 골절됐다. 병원에 가서 깁스를 한 채로 치킨집에 출근했다.

그 당시에 우리 집은 보통 가난한 게 아니었기 때문에 학교 갈 차비를 벌어야 했다. 사장님은 나오지 말라고 말씀하셨지만, 나는 할 수 있다고 우겼다. 그 상태로 오토바이에 기름을 넣으려고 주유소에 갔더니 주유소 사장님이 한마디 했다.

"다리가 그 꼴인데 가게 사장님이 쉬라고 안 해요?"

그 말을 듣고는 가게 사장님이 욕먹는 게 싫어서 상황을 설명했다.

"아, 일하다가 다친 게 아니고요. 제가 개인적으로 다친 거고요. 일은 쉬라고 말씀해주셨는데, 제가 하고 싶다고 졸랐습니다."

그때가 10월 중순이었음에도 말도 안 되는 장마가 한 달이상 이어졌었다. 껑충껑충 계단을 뛰어올랐고, 손님이 다리를 볼 수 없게 최대한 감췄다. 깁스는 매일 젖었고 발은 빗물에 퉁퉁 불었다. 그래서 지금도 내 다리 길이가 조금 다르다. 일상생활에 지장이 없고 티가 심하게 나지는 않지만, 비가 오거나 하면 조금 저리기는 하다. 지금이 아무리 힘들다고 해도 그때보다 힘들 수는 없다. 그리고 그때보다 더 힘든 순간을 만나더라도 이겨낼 수 있다는 확신이 있고 또다시 방법을 찾아낼 수 있을 거다.

당시에도 나는 이러한 역경을 이겨내고 악조건을 즐기는 내 모습에 상당한 만족을 했었다. 어떤 원망도 하지 않았다. 그 당시 시급이 4,000원쯤 했을 때인데 일당 2만 원이 그만큼 간절했다. 이후로도 군대에 가기 전까지 어떠한 아르바이트를 하더라도 일을 쉬는 법은 없었다. 그때는 하루 지난 치킨이 얼마나 맛있었는지, 지금은 아무리 맛있다는 치킨을 사 먹어도 그 맛을 따를 수가 없다.

그리고 그 시절에 내 글이 시작됐다. 손바닥 정도 되는 남색 수첩을 사서 매일 밤 괴로움을 토해냈다. 때로는 하나님을 찾았고, 또 어떨 때는 부처님을 찾았다.

"하나님 배가 너무 고픈데 어떻게 해야 할까요? 부처님 저는 왜 이럴까요? 이 글을 보신다면 좀 도와주세요."

그러면서도 내 잘못을 하나도 빠짐없이 기록했고 반성했다. 내 어린 시절은 외롭고 두렵기만 했다. 군대에 입대하고 전역할 때까지 일기를 썼으니 수첩이 몇 권이나 된다. 나는 일기를 통해서 자아 성찰을 알았다. 가끔 힘든 시절 어린 날의 일기 내용을 보면 지금도 배울 점이 많다. 어린 날의 나는 하나님과 부처님이 소원을 이루어주는 존재가 아니라는 것을 알았고, 그 누구에게도 도움을 청하지 않고 스스로 자신을 책임져야 한다는 확신마저 얻었다. 나아가 언젠가는 내가 멋진 어른이 돼서 배고픔에 발을 동동 구르는 어린 친구들의 소원을 들어주는 사람이 되고 싶다는 생각을 가슴에 새겼다. 내면을 성장시킬 수 있는 유일한 것, 그것은 책도 아니고 다큐멘터리도 아니다. 나를 기록한 내 일기다. 이것은 남아있는 유일한 자료적 경험이며 타인이 뱉은 말이 아니라 내가 뱉은 말이기 때문이다. 내가 지금 글을 쓸 수 있게 했고 출판의 기회를 잡게 해준 것도 다름 아닌 일기다.

나는 지금도 힘들고 괴로울 때 쓰는 글은 가슴에 와 닿는 글이 되고 평온하고 걱정 없을 때 쓰는 글은 편하게 읽을 수 있는 글이 된다고 믿고 있다. 따라서 힘들 때 글을 써놓고 평온할 때 수정을 한다. 혹시나 당신이 고민을 항상 타인에게만 늘어놓는 성향이라면 수첩을 한 권 구매해야 할 때다. 만족에 가까운 해답이라는 건 결국 자신 안에 있다.

느린 것만큼 빠른 게 없다

벼락치기의 결과는 항상 처참했다. 기대에 못 미쳤고 자존감의 하락을 불러왔다. 나야 안 해봐서 모르지만, 학창 시절 성적이 좋았던 친구는 오랜 시간 꾸준히 시험공부를 했을 거다. 나는 시험공부를 아예 안 하거나 좋아하는 선생님의 암기과목 한두 가지 정도만 벼락치기 했다. 따라서 평균 점수가 좋을 리가 없었다.

지금도 마찬가지지만 그 시절에 나는 평균이라는 단어를 이해하지 못했다. 원래 여러 가지 일을 동시에 못했던 게 큰 이유였지만 오롯이 한 가지에 몰입하는 것을 좋아했기 때문이다. 내가 평소에 잘 따랐던 선생님의 과목은 교탁에 서서 선생님 대신 학급 학생들을 상대로 수업을 진행할 만큼 우등생이었고, 어지간해서 100점을 놓치지 않았다. 관심 없던 다른 과목은 지금 생각하면 선생님들께 죄송하지만, 책상에 엎드려서 졸다가 혼나기도 했고 시험에 응시조차 하지 않은 적도 있었다.

헬스에 빠졌을 때는 일반인 기준으로 근력 운동 중 1~2시간 정도가 경과 하면 젖산이 분비되어 근 손실이 일어나는지도 모르고 방과 후에 운동을 4시간씩 했었다. 좋아하는 여학생이 생겼을 때는 낭만과 미친놈의 경계를 구분 못 하고 주야장천 쫓아다녔다. 다만 여학생을 제외하고 모든 것의 결과를 빨리 보고 싶어 했다. 당연히 결과는 처참했다. 물론 지금 삶에 만족하지만, 성적이 좋지 않아 미래가 바뀌었고 무리하게 운동을 한 탓에 내 몸은 현재도 아픈 곳이 많다.

대부분 사람은 어떠한 목표를 두고 빠른 과정으로 돌파했을 때 실패를 경험한다. 그래도 일단은 돌파와 도전을 했다는 것에 큰 의미를 두어야 하며 점수를 줘야 한다. 하지만 여전히 깨닫지 못하고 빠른 과정을 포기 못 해서 도전을 지속하여 처참한 결과를 맛보는 사람과 어느 순간 느린 것만큼 빠른 게 없다는 사실을 깨닫는 사람으로 나뉘게 된다.

지금껏 두 권의 책을 냈지만 흥행하지 못한 결정적인 까 닭이 바로 이 점이라고 생각한다. 이 사실을 깨달았기 때 문에 벅차오르는 불안감과 조바심에 근거한 조급함의 완 급조절로 사투를 벌이고 있다. 다시 말하지만, 과정을 빨 리 끝내려고 하면 결과 또한 빨리 끝난다. 어떠한 일을 앞 두고 있을 때, 이러한 압박감의 딱 절반만 덜어낸다고 생 각하면 반드시 득이 된다.

유명인들 중에서 압박감에 시달리지 않았던 사람은 없 다. 따라서 조급함이 밀려옴을 얼핏 느꼈을 때 거의 멈춘 것과 같은 속도를 유지하려고 의식하며 나아가야 한다. 조 급할수록 두뇌 회전이 원활해지는데 그때 최대한의 섬세 함으로 백지장 같은 머릿속을 채워 넣어야 한다. 되레 기 회의 창이 되는 거다. 이처럼 두려움을 느린 속도로 극복 하며 성취해 나갈 때 자신감과 확신이 견고하게 채워진다.

몸통만한 붓을 들어라

따지고 보면 내가 어릴 적부터 선호했던 것이 전문성이었다. 그렇게 선호했으면서도 전문직을 제외하고는 안 해본 일이 없다. 학창 시절 평균이라는 단어를 이해하지 못해서 성적이 좋지 않았던 변명이라고 할까? 어차피 과거의 선택은 최선이었다고 생각한다.

혹시나 고교생이 이 책을 읽고 있다면 삼촌이 꼰대같이 느껴지더라도 잠재된 에너지를 3년간 최대로 쏟아낸 이후에 평균이라는 열쇠로 전문성에 문을 열 수 있다는 사실을 이해해줬으면 좋겠다.

어떠한 분야든 큰 그림을 그리는 방법은 높은 곳에서 수직으로 직관하는 것이 아니라 내 몸통만 한 붓을 들어 수

평으로 분석하는 거다. 비록 오래 걸릴지 몰라도 천천히 섬세하게 그려야 한다. 고층 아파트에서 내려다보면 화단에 있는 나무 아래는 나뭇잎에 가려져 있다. 이때 보통 사람들은 잡초나 꽃이 있을 것으로 예상하지만 실제로 그곳을 가본 사람은 강아지 똥이 있다는 것을 맨눈으로 직접 목격했을 거다. 그리고 그것을 그려내야 하는 날이 온다. 이러한 노력은 언젠가 확률과 운을 능가하는 독보적인 퀄리티가 된다.

나 또한, 늘 어려움을 느끼지만 확신할 수 있는 건 운전으로 비유하자면 속도를 줄이고 살펴야 사람이 보이고 동물이 보이고 사고를 예방할 수 있으며 사고가 나더라도 내과실이 줄어들고 덜 다칠 수 있다는 거다. 또 배달할 때 이곳저곳 지형지물을 잘 살펴 두면, 언젠가 잠재된 기억을 꺼내야 하는 순간에 빛을 본다.

운전은 가벼운 사고가 좋은 경험이 되어주기도 하지만 무조건 무사고가 최고다. 모든 분야는 실패해도 괜찮으나, 교통사고만은 예외다. 돌이킬 수 없기 때문이다.

꼭 말하고 싶은 게 있다. 화장실에서 대변을 볼 때라도 교통사고를 다루는 유튜버의 콘텐츠를 한 편 이상 시청해 보자. 도로에는 셀 수 없이 수많은 변수가 있다. 그것을 간접적으로 미리 경험할 수 있는 최고의 기회다. 자신이 건강하고 오래 살아야 내 몸통만 한 붓을 들고 천천히 움직여 나갈 수 있지 않겠는가? 이 말은 부탁에 가깝다.

자신의 판단을 믿을 때

나는 20대를 통틀어 109번의 입사 지원에 실패했다. 그 중 가장 기억에 남는 면접이 있다. 밥솥으로 유명한 상표의 생산직 공장이었다. 마지막 면접이었다. 한 50명 정도가 면접을 보러 자리에 모였다. 내 이름은 열다섯 번째로 호명됐었는데, 고교생활기록부를 포함한 몇 가지 서류를 제출한 후에 내 이름이 호명될 때는 꼴등으로 밀려났다.

이러한 경험이 제법 있었기 때문에 내 차례가 올 때까지 기다리는 동안 긴장감을 풀기 위해 책을 한 권 가져가서 읽으며 기다리고는 했다. 대기업에 면접을 보러 갔을 때는 컴퓨터로 인·적성 검사를 했었는데, 심지어 읽고 있던 책의 내용이 출제되기도 했었다. 몇 시간쯤 기다렸더니 내 차례가 왔고 면접관이 물었다.

"27살이면 여기서는 늙은이인데, 한참 어린 친구들한테 굽실굽실 네네 거릴 수 있어요?"

"아, 네 저는 군대도 다녀왔고 계급사회를 잘 알고 있습니다. 문제없습니다."

27살이 어떻게 늙은이라는 말인가? 조금 의아했다. 면접관은 대화를 길게 이어 가고 싶지 않아 했다.

"알겠어요. 일단은 되든 안 되든 통보해 드릴게요."

내 마지막 면접은 정말 빨리 끝났다. 다른 면접자들은 5분에서 10분이 걸리는 사람도 있었는데 나는 약 3분도 걸리지 않았던 것 같다. 그 후로 4년이 지난 지금까지도 합격 불합격 통보를 받지 못했다. 그래서인지 조금 소심해 보일 수도 있겠지만, 그 회사의 제품은 절대로 쓰지 않는다.

그 후로 전 재산 몇백만 원 남짓한 돈으로 중고 오토바이 한 대 사서 고향인 부산에서 한 번도 밟아본 적 없는 제2의 고향 울산으로 넘어왔다. 당시 첫 번째 저서 때문에 현실의 벽을 확고하게 인지했기 때문에, 다음 저서를 준비하면서 나를 기존의 사회와 격리하기 위함이었다. 그렇게 배달 대행 기사로 자부심을 느끼고 일했다. 자연스레 직접 발로 뛰며 시장조사를 할 수 있었고 목돈을 모아서 자그마한 식당을 얻었을 때, 109번의 입사 지원 실패를 훗날 감사히 여길 수 있도록 진한 독기를 품고 더 열심히 해서 빨리 확장 이전을 해야겠다는 목표를 가졌다.

고가의 벽지를 선택하지 않고, 《허영만의 식객》 '15화 돼지고기 열전' 편을 수십 권 구매해서 찢어 둘렀다. 간판도 마찬가지, 사다리를 하나 빌려 와서 직접 꾸몄고 그릇과 수저 또한 외삼촌이 음식점을 하다가 폐업했을 때 버리지 않고 보관해둔 것을 가져왔다. 언제나 독창적인 신념으로 신화를 써보고 싶었다.

초등학교 시절에는 시험점수는 하위권이었지만 학급에서 발표 왕의 자리를 단 한 차례도 다른 친구들에게 내어준 적이 없었다. 일단 손을 들고 생각했다. 선생님께서 나를 지목하게 되면 교과서에 있는 내용을 발표하라고 해도 내가 하고 싶은 말을 막 던졌다. 벅차오르는 내 심장을 억누르지 않고 있는 그대로 나타내고 싶었다. 어린 날 나의 결핍은 독보적인 사람이 되고 싶었던 거다.

맑고 깨끗한 것이 보편성이라면 예측 없이 이리저리 때

가 탔을 때의 그 모양과 색깔은 독창성이다. 개인의 기쁨과 슬픔으로 얼룩져야 비로소 같을 수 없기 때문이다. '때'라는 단어를 독창성에 비유한 까닭은 말 그대로 기쁨만으로는 성장에 한계가 있기 때문이다. 반드시 슬픔이 동반되어야 한다. 한이나 결핍, 자책이나 고통 같은 것들이 독기를 품게 한다. 독기야말로 한 사람의 모든 추진력의 절실한 에너지가 된다.

독창적인 사람이 자신의 신념에 대하여 오래 몰두했을 때 비로소 만인이 알아주는 독보적인 사람이 된다고 스스로 믿고 있다. 이러한 삶은 더 힘이 들겠지만, 타인을 의식하지 않고 포기하지 않는다면 언젠가 가만히 있어도 타인이 당신을 의식하고 인정하는 날이 찾아올 거다.

자기 합리화의 미학

타인에게 피해가 되는 자기 합리화는 부정이고, 피해가 되지 않는 자기 합리화는 긍정이다. 자기 합리화라는 것은 자신의 내면이 가장 솔직할 때 이루어진다.

어릴 적 아버지와 단둘이 살 때 아버지가 타지로 몇 개월간 일을 떠나신 적이 있다. 그때 몇 개월 치 용돈을 주고 가셨는데 원동기 면허를 갓 취득했을 때라 나는 그 돈으로 중고 오토바이를 한 대 사버렸다. 태어나서 처음으로 지름신이 강림해서 충동적으로 지르고 본 거다. 오토바이를 구매하고 돌아오는 길부터 시작해서 죄책감이 밀려왔다. 일단 아버지가 계속 떠올랐고 아버지가 돌아오실 때까지 뭘 먹고 살아야 하는지 남은 돈으로 계산부터 했다.

계산한 결과 하루에 라면 한 봉지 정도가 나왔던 것 같다. 진짜 나는 아버지가 돌아오실 때까지 하루에 라면 한 봉지로 버텼다. 오래된 내 일기장을 보면 덧셈 뺄셈한 내용이 그대로 기록되어 있다.

첨부할 자료가 있나 해서 일기장을 열어봤더니 지금의 내 기억보다 몇 달을 더 괴로워했다는 사실을 알게 됐다. 자기 합리화에 관한 내용은 한 페이지에 불과했고 나머지 페이지는 나의 죄와 반성만으로 가득했다. 나는 오토바이를 샀지만 예정된 용돈으로 예정된 시간을 버텨냈고 매일 반성했다. 만약 아버지께 전화를 걸어 돈을 잃어버렸다고 돈을 더 보내 달라고 했다면 아무리 아버지라도 타인에게 피해가 가는 자기 합리화였을 거다. 결과적으로 잘못은 했기 때문에 잘못을 고백하는 게 올바른 마음가짐이다. 하지만 어린 날의 나는 그럴 수 없었고 라면 한 봉지로 몇 개월을 버텨낸 거다.

그렇다면 긍정적인 자기 합리화는 어떻게 하는 것일까? 다름 아닌 반성을 토대로 하는 거다. 내 선택과 후회, 타인과의 인간관계 그리고 그 과정들에 대해 자신을 인정하고 반성하는 거다. 실제로 내 모든 글귀는 반성에서 비롯되는

데 하나의 사건이 진행되는 과정에서 많게는 여러 가지의 깨달음을 얻게 되고 성장하게 되는 거다.

그 후로 내 가장 친한 친구를 태웠다가 오토바이가 버티지 못하고 주저앉아 버려서 그 길로 오토바이를 정리했고 지름신에게 이별을 고했다.

따돌림은 고귀하다

내가 난생처음으로 따돌림을 당했을 때는 초등학교 3학년 때였다. 그때는 할머니가 돌아가시고 아버지 본가에서 나와 옆 동네에 단칸방을 얻어서 이사해야 했으므로 학교 또한 전학해야 했다. 학급 생활에 조금 적응이 되어갈 무렵 더 친해지고 싶은 마음에 친구 두 명을 집으로 데려온 적이 있다. 그나마 친하다고 생각했던 친구였는데 우리 집을 보더니 '거지새끼'라고 놀려 대는 게 아닌가? 나는 생각지도 못했던 반응이었기 때문에 충격이 너무 컸고 상처 또한 더 컸던 것 같다.

이내 친구들을 보내고 어린 날에 나는, 앞으로의 학급 생활에 지장이 생기겠다는 예감을 했던 것 같다. 그리고 다음 날 등교를 했는데 내 책상은 어지럽혀 있고 색연필부터 시작해서 학용품 전부가 파손되어 있었다. 왕따가 된 것이었다. 모든 게 처음이었고 극복이라는 단어 자체조차 몰랐기에 그저 눈물을 보이고 울기에 바빴다. 학급 친구들의 따돌림은 나날이 더 심해졌고 학교 가는 게 싫었다. 아버지에게 말하는 게 무섭기도 했고, 자존심도 상해서 내가 왕따라는 사실을 고백하지도 못했다.

그러던 중 동네의 6학년 형들에게 붙들려 어디론가 끌려갔던 날이 있었다. 세 살 위에 형들이라 반항조차 못했는데, 그곳은 인적이 드문 공터였다. 형들은 다짜고짜 한 살 위 4학년 형과 싸움을 붙였다. 1살이 많은 형이기도 했고 싸워야 할 이유를 몰랐기에 그날은 일방적으로 맞다가 끝이 났다. 억지로 붙었던 싸움이지만 그날 밤 무언가 패배에 대한 억울함이 솟아올랐다.

그리고는 다음 날 축구화를 신고 6학년 형들을 다시 찾아갔고 4학년 형과 다시 싸움하게 해달라고 졸랐다. 그리고는 다시 그 공터에서 싸움이 시작됐는데, 결과는 압도적인 나의 승리였다. 그 후로 6학년 형들을 따라다니면서 5학년 형과도 싸웠고 무려 세 살이 많기는 했어도 6학년 치고는 조금 약한 형도 싸워나갔다. 패배하는 날이 없었다. 그때 남자로서의 자신감을 얻게 됐고, 학급에서 나를 괴롭히고 따돌림을 주동했던 몇 명의 친구들을 폭력으로 응징했다. 당시 나를 괴롭혔던 친구들의 어지간한 유치는 내 주먹으로 뽑았던 것 같다. 이후로는 비슷한 가정 형편의 친구를 알게 되기 전까지 그 어떠한 친구도 집에 데려오지 않았다. 그래도 가난은 어린 날의 내가 느끼기에 숨길 수 있으면 최대한 숨겨야 하는 상처로 남았다.

다음은 직장에서의 따돌림이다. 헬스장 몇 군데에서 일해 경험이 쌓였을 때쯤 예전에 같이 일했던 형이 자신이 일하고 있는 헬스장으로 나를 불렀다. 같이 일해보자고 했다. 그 형은 직급도 제법 높았고, 나는 마침 쉬고 있었을 때라 그 헬스장에서 일하기로 했다. 그런데 막상 상황을 보니 내가 가기 전부터 이 형은 따돌림을 당하고 있었다. 헬스장 대표님이 이 형을 스카우트해오면서 높은 직급을 주게 됐는데 먼저 들어온 동료는 그것을 좋게 생각할 수 없었던 거다.

나는 입사하자마자 자연스레 같이 따돌림을 당하게 됐다. 처음에는 텃새에 못 이겨 신규 회원 O.T도 시키지 않앉고 청소만 했다. 나는 기본적인 지식과 세일즈 능력이 있었기 때문에 회원만 있으면 P.T 회원으로 언제든 끌어낼 수 있었다. 그러던 중 다른 트레이너 한 명이 O.T 수업을 다른 회원과 중복되게 잡는 바람에 내게 기회가 주어졌다. 이때 내 능력을 보여줘야 했지만 아깝게 실패했다. 그날 이후로 마냥 기다릴 수 없었다. 그만둘 때 그만두더라도 내 능력을 보여주고 나가야겠다는 생각이 들어서 러닝머신을 타고 있는 회원이나 근력 운동을 하는 회원을 붙들고 대놓고 O.T 수업을 진행했고 동료의 도움 없이 내 능력으로 P.T 회원을 끌어냈고 매출을 올렸다.

　머지 않아서 나를 데려온 형이 그만뒀고, 나도 그만두려고 하자 대표님이 나를 붙잡았다. 그리고는 대표님과 약속을 하나 했다.

　"이 헬스장 최고 매출 3개월 만에 제가 한번 만들어 보겠습니다. 단 팀장이라는 직급을 주십시오."

　대표님은 승낙했고, 이 헬스장에 나 혼자만 남게 됐다. 그리고는 회원으로 있던 보석 같은 동생 녀석을 트레이너로 스카우트했고, 그 녀석과 함께 온 힘을 다했다. 또 가능한 한 최고 직급자였던 매니저 형님의 말을 잘 듣고 잘 따랐다. 그렇게 회원권 매출은 기본이었고 P.T 회원이 생길 때마다 모든 트레이너에게 골고루 나눠줬었다. 그렇게 3개월이 지날 때쯤 10년 된 헬스장의 최고 매출을 만들어냈고, 모든 동료가 내 생일 파티를 해줄 만큼 진한 동료애도 생겼다. 따돌림을 능력치와 리더십으로 극복했던 거다. 직장에서의 따돌림은 내가 압도적인 사람이 되면 알아서 해결되기 마련이다. 일주일 중에 가장 중요한 회의 시간 때도 "이 시간에 나는 전단이나 배포하러 나가겠습니다."라며 강한 모습을 보여주기도 했었다.

직장 내 따돌림의 사유가 무엇이 됐든 간에 내가 맡은 업무에 대해서 최선의 열정을 다하면 대표가 붙잡게 되어 있고, 자연스레 따돌림을 극복하게 되는 거다. 하지만 대표님은 팀장 직급을 주지 않았고 나는 가차 없이 돌아섰다. 내가 아무리 직원이라고 하지만 약속을 지키지 않는 대표를 따를 수 없었기 때문이다.

타인이 나를 미워하게 됐을 때 자신이 무엇을 잘못했는지 성찰해보는 것은 아주 좋은 마음가짐이다. 하지만 반드시 내가 무엇을 잘했는지도 성찰해보아야 한다. 내가 어린 시절 뼈저리게 느꼈던 가난 또한 숨길 것이 아니었다. 처음 가난했다고 해서 끝까지 가난해야 한다는 법은 없다.

따돌림을 당했던 사람은 결국 자아 성찰의 시간과 노력을 통해 압도적인 사람이 될 수 있지만, 따돌림을 주동했던 사람은 자신의 내면을 들여다볼 수 없으므로 절대 성장할 수 없다. 자아 성찰은 리더가 될 사람에게만 주어지는 아주 고귀한 경험이다.

'안 해보고'와 '해보고'의 차이

　나는 육군 논산 훈련소로 입대했었다. 입대 전날 아버지가 말하기를 군대에서는 무조건 2등만 하면 된다고 말씀하셨기에 보통 정도만 하면 된다는 말을 잘못 이해하여 진짜 2등만 하려고 했다. 체력검정을 할 때도 달리기 1등은 마라톤 선수이고 2등은 나, 윗몸일으키기도 1등은 하키 선수이고 2등은 나, 팔굽혀 펴기는 실수로 1등을 해버렸다. 그랬더니 특전사에 차출되고 말았다. 다시 말하자면 '특전사'는 하사부터 시작하는 부사관이고, 나는 그들을 지원하는 '특전 병'이었던 거다.

　내가 있었던 자대에는 연예인 박보영 아버지가 복무했었고, 전역하고는 이승기가 배치받았다고 한다. 특전사의 다른 이름은 공수특전단 즉, 공수 부대다. 그래서 '공수 기본' 강하 훈련을 마쳐야만 진정한 공수 부대원이 된다. 훈련은 3주 동안 이루어지는데, 강하 시 목숨이 왔다갔다 하는 터라 훈련이 정말 가혹했다.

고소공포증이 있다고 하면 인간이 가장 공포를 많이 느낀다는 11M 높이의 막 타워 훈련을 다른 교육생보다 배로 시켜서 그런 공포 자체를 인생에서 지워버렸다. 그보다 훈련의 마지막에는 4회 자격 강하를 해야만 최종적으로 훈련을 수료할 수 있어서 너무도 겁이 났었다.

하루하루 버티다 보니 자격 강하 시간이 왔고 1회 강하때 낙하산 줄이 꼬여버려서 산개가 제대로 되지 않아 굉장히 위험한 상황이 벌어졌었다. 머릿속이 하얗게 질려버렸지만, 비상 상황에 대비한 훈련이 몸에 익어 있었는지 위기를 모면했고 운 좋게 착지를 했다.

이러한 일은 사실 거의 없는 일이다. 위험할 때 울리는 사이렌 소리만 기억났고 모두가 달려와서 나의 안부를 물었다. 그때도 아무런 생각이 없었다. 포기하고 돌아가야 하겠다는 생각뿐이었다. '다음 강하는 무조건 안 된다.'였다. 마른하늘에서 빗방울이 조금씩 떨어지길래 하늘을 봤더니 다른 교육생이 오줌을 지리며 포기해버린 것이었다.

교관이 내게 다가왔다.

"지금까지 받아온 훈련이 아깝지도 않나? 너는 천운이야. 우리 부대의 구호가 뭐지?"

"'안 되면 되게 하라.' 입니다."

그 와중에도 몇 명이나 되는 인원이 포기하고 돌아서며 내 옆을 지났다. 교관님이 한 번 더 물었다.

"다시 한번 우리의 구호."

"안 되면 되게 하라."

"좋아. 줄 서."

나는 대기열로 보내졌다. '아, 안 되면 한 번만 더 해보고 안 된다고 하자.'라고 주문을 외웠고 2회, 3회, 4회 강하를 무사히 마치고 값진 공수 마크를 가슴에 붙였다.

안 해보고 안 된다는 사람은 다음번에도 할 수 없다. 그렇지만 해보고 안 된다는 사람은 다음번에는 할 수 있다. 이처럼 '안 해보고'와 '해보고'의 차이는 약자와 강자로 나뉜다. 당신이 어떠한 일을 앞두고 있다면 새롭게 시작하든 다시 시작하든, 미리 포기하지 않는 사람이 되어 안 된다는 것을 알더라도 한 번쯤은 해보고 알 수 있는 사람이 되기를 바란다.

　사실 이 글귀는 공영주차장을 관리하는 공기업 신입 사원을 생각하며 쓴 것이다. 그 내용을 적었더니 〈한글〉 문서로 세 페이지가 넘어가는 바람에 과감하게 지웠다. 그 사원은 별것 아닌 건의 사항을 자꾸만 자신의 선에서 잘라냈는데, 마지막으로 건의할 때는 "안 해보고 안 된다고 하지 마시고 일단 해보고 안 된다면 그때 그 사유를 가지고 말씀해주세요."라고 말했고, 결국 그 말을 이해하지 못하자 직접 찾아가서 공단 이사장을 만나 해결했다.

배움이 더딘 것은 축복이다

부산에서 제법 큰 재래시장 중의 한 곳인 구포시장 정육점에서 일 년 정도 일 한 적이 있다. 처음에 일을 시작하게 됐을 때 식당 주방에서의 경험이 풍부했기 때문에 고기와 칼을 다루는 일이라서 해볼 만하다고 생각했었지만, 그것은 큰 착각이었다.

첫 출근을 했을 때 사장님은 칼 가는 방법부터 가르쳐 줬다. 칼이 잘 안 들면 팔과 어깨가 망가지기 때문이다. 칼 가는 게 보기에는 쉬워 보여도 제대로 배워보니 고난도의 기술이 필요했다. 일주일에 한 번 정도는 아침 일찍 나와서 칼을 가는 시간만 두 시간 정도가 걸렸었다.

처음에는 기술이 없어서 오랜 시간 칼을 갈아도 날카로워지지 않았지만, 점차 기술을 체득하자 시간이 단축됐다.

내 칼을 날카롭게 갈 수 있게 됐을 때쯤 무지막지하게 손
가락을 베이고 말았다. 정말 많은 양의 피를 쏟아냈었다.
다행히도 신경을 건들지는 않아서 천천히 잘 회복했다.

그다음은 발골 작업 이후에 나뉜 돼지고기와 소고기의
부위별 명칭과 모양을 외우는데, 또 한참 걸렸다. 이때 소
고기 홍두깨 살을 이유식용으로 팔아야 했는데, 모르고 다
가가 더 비싼 안심 살을 팔아버리는 실수를 하기도 했다.
모든 부위의 명칭을 정확하게 익혔을 때쯤 고기의 수요를
살피며 능수능란한 상술로 판매할 수 있게 되었다.

조금 더 시간이 지나자 사장님은 돼지고기 발골 방법을
가르쳐 줬다. 발골은 배워도 배워도 잘 안 되었다. 어지간
해서 쓴소리를 안 하시던 사장님이 어느 날 한마디 했다.

"너는 지금 보통 사람들보다 배우는 속도가 너무 늦다."

이런 말을 들으면 보통 주눅이 들어야 하는데 전혀 그렇
지 않았다. 왜냐하면, 군 시절 높은 스펙의 선임이 똑같은
말을 했었고, 기간이 걸렸지만 어쨌든 익혀냈었던 기억이
있었기 때문이다. 그리고는 모든 것을 다 익혀냈을 때 실
수를 단 한 번도 하지 않았다. 시간이 흘러 내가 후임을 가
르쳐야 하는 상황이 왔고 가르쳐보니 선임이 했던 말처럼

누구는 빨리 배웠고 누구는 늦게 배웠다. 그때 느낀 점이 좋은 대학을 다니다가 왔다고 해서 똑똑하고, 고졸이라고 해서 모자란다는 생각은 단순한 편견일 뿐이었다는 것과 빨리 배운 사람은 실수를 끊임없이 연발하고, 오히려 늦게 배운 사람은 실수가 없다는 것이었다. 이 점을 잘 알고 있었기 때문에 사장님께 이렇게 말할 수 있었다.

"사장님, 제가 배우는 것은 조금 느립니다. 그렇지만 다 배우고 나면 실수가 덜합니다. 조금만 기다려주십시오."

그 후로 소고기 발골까지는 배우지 못했지만, 돼지 한 마리 정도는 아주 깔끔하게 발골할 수 있었고, 사장님이 갑작스러운 일이 생겨서 가게를 몇 개월간 비워야 했을 때 다른 정육점에 뒤처지지 않고 되레 앞서 가며 가게를 지켰다.

배우는 게 더딘 사람은 다 익혀냈을 때 실수가 없고 천천히 익혀냈던 만큼 섬세하며 누군가를 가르쳐야 할 때 진가를 나타낸다. 사람마다 배우는 속도는 다를 수밖에 없다. 이때 나보다 빨리 나아가는 사람을 보고 부러워해야 할 필요성이 전혀 없다는 말이다. 결국, 해냈을 때의 퀄리티는 더딘 사람을 따라올 수가 없기 때문이다.

내 노력은 누가 알아야 할까

군 시절 분대장 견장을 달았을 때 항상 솔선수범을 강조했다. 분대원이 안 하면 전부 다 나 혼자 해버렸다. 그랬더니 눈치 빠른 후임 하나가 내가 일찍 일어날 때 따라 일어나서 후임들을 불러 모으고는 했다. 후임들이 볼 때면 후임보다 두 배로 열심히 일했다. 후임들에게는 굉장히 피곤한 선임이었겠지만 절대로 "이거 해라. 저거 해라."하고 뒷전에서 지시만 하지 않았다. 내가 직접 움직이는 것을 보여주는 게 무언의 잔소리였던 거다.

"화장실이든 분리수거장이든 우리가 맡은 구역이 우리의 얼굴이다."라며 전형적인 꼰대 짓을 했고, 가끔 잔소리라도 할라치면 "남들이 잘 안 볼 것 같은 곳을 더 신경 써서 가꿔야 한다."라도 이야기했다. 이러한 군 시절을 보냈기 때문에 전역 이후 고깃집에서 종업원으로 일할 때도 팁을 상당히 많이 받았다. 훗날 고깃집을 그만둘 때 사장님이 말하기를 손님이 계산하며 아드님이냐는 질문을 많이 했다고 했다. 또 사장님으로부터 "월급은 원하는 대로 줄 테니 몇 개월이라도 더 하고 그만둘 수는 없겠느냐?"는 말을 듣기도 했다.

내가 그럴 수 있었던 까닭은 타인에게 잘 보이고 싶어서가 아니라 내가 나에게 잘 보이고 싶어서였던 거다. 즉 자신과 싸움이다. 나는 오래전부터 독자들에게 '신조차도 관여할 수 없는 싸움이 있다면 아마도 자신과의 싸움일 것이다.'라는 말을 여러 차례 이야기했다. 따라서 먼저 나 자신이 내 노력을 가장 잘 알아야 한다. 그러기 위해서는

태어나서 죽을 때까지
수없이 배움을 주고
오직 나만을 지켜봐 주는
CCTV 같은 존재가 있다.
그런 생애 최고의 스승을

내 안의 '양심'이라 부른다.

이 글귀처럼 내 양심과 동행할 수 있는 사람이 되어야 한다. 내 노력을 타인이 알아주기를 바란다면 이미 의미를 잃게 된다. 또한, 남이 볼 때 잘하는 것도 중요하지만 결국 안 볼 때 잘하는 것이 타인의 마음을 당당하게 얻어낼 수 있는 방법이 된다. 따라서 내가, 내 마음에 들 수 있도록 노력하는 것이 우선이다. 그러니 적어도 이 싸움에서만큼은 패하지 마라.

심장에도 시간을 주어라

내 심박 수는 거짓으로 뛴 적이 없었다. 중학교와 고등학교 시절을 통틀어 한 여학생에게만 거칠게 뛰었었고, 20대 초반 시절에는 헬스장에 트레이너로 출근할 때마다 거칠게 뛰었다.

헬스장에 면접을 보던 날 팀장님에게 잘 보이고 싶어서 갑자기 내린 소나기 때문에 우산을 보관할 곳이 마땅치 않자 상자를 이용해서 우산 보관대를 대체해내는 센스를 발휘하기도 했다. 진짜 좋아하거나 하고 싶은 일을 만났을 때 심장이 먼저 반응했던 거다.

내 느낌이 맞는다면 심장이 보내는 신호를 깨달았을 때 어떠한 분야든지 열정적으로 할 수 있었다. 사랑할 때도 어떻게든 만날 이유를 만들고 감동을 주려고 잔머리를 수도 없이 굴리고는 했었고, 트레이너로 일할 때도 인체에 대한 지식을 전문가 수준으로 끌어올리기 위해 안 읽어본 책이 없을 정도였다. 물론 나의 심장을 뛰게 했던 그녀와의 사랑이 이루어진 것도 아니고, 지금은 뜨끈한 국밥 장수로 남았지만 내 심장을 믿은 것과 안 믿은 것의 확실한 차이는 원망과 후회가 덜 하다는 거다.

현재의 나이가 몇 살이든 내가 하고 싶은 것이 있다면 해봐야 한다. 막상 해보면 싫어질 수도 있고 생각했던 것보다 더 많은 행복감이 찾아올 수도 있다. 사실 새로운 길을 가려면 시간이 필요하다. 그 시간을 어딘가에 투자한다는 게 두려울 수도 있다. 막상 걸어가 보면 한 시간이면 충분할 수도 있고, 한 달, 일 년, 더 많이 필요할 수도 있다.

우리는 어느새 매일 같은 길을 오가며 그것에서 느껴지는 익숙함과 평온함에 물들어 어느 정도는 만족하며 살지도 모른다. 조금의 만족조차 없다면 이 상태를 벗어나고 싶어하는 나 자신과의 사투를 끝없이 펼치고 있을 거다.

원하는 길에 시간을 흘려보내라. 남은 시간이 얼마인지

는 알 수 없지만, 모조리 쏟아부을 수 없다면 잠깐이라도, 어떠한 생각에 심장이 뛴다면 고민 없이 조금씩이라도 내 행복을 느낄 수 있도록 자신을 향한 자신의 시선의 방향을 믿고 나서라.

만인에게 좋은 사람은 될 수가 없다

어머니의 모성애를 느낄 때면 내가 어머니의 마음 안에 있다는 것을 느낀다. 외삼촌과 어머니가 장난 섞인 말투로 서로 자기 자식이 잘났다며 다투셨을 때 어머니가 "고슴도치 새끼도 자기 새끼다."라는 말을 한 적이 있다. 이처럼 어머니의 사랑은 일방통행에 가깝다.

어머니의 마음을 제외한다면 사실 마음 안에는 많은 사람을 담을 수 없다. 개인적으로 10명 이상 담기 어렵다고 생각한다. 너무 많이 담아버리면 진짜 오지랖이 되고 모두를 골고루 신경을 쓸 수 없게 된다. 인맥 관리라며 많은 사람을 만나고 자주 모임을 하는 사람에게서 진정성 없는 태도를 느낀 적이 있을 거다. 그래서 진짜 소중한 사람만을 담아야 한다. 그렇다면 내 마음에 담아야 할 소수를 어떻게 확인할까? 비밀이 너무 많아서 자꾸만 숨기려고 하는 사람과 주는 것 없이 받기만 하는 사람, 나아가 받아 내려고만 하는 사람은 반드시 비워야 한다. 물질적이든 감성적이든 서로 왕래가 되는 사람을 마음 안에 담아야 한다.

나를 어떻게든 이용하려고 하는 사람을 분간 못 하게 되면 훗날 결정적인 순간에 큰 상처를 입게 된다. 그 때문에 하루라도 젊을 때 이러한 경험을 해보는 것이 좋다.

고등학교 시절 두 살 위의 갈 곳 없던 형과 우리 집에서 같이 살았던 적이 있다. 그 형은 내 옷이며 물건이며 모든 것을 허락 없이 마음대로 썼고, 주는 것은 아무것도 없었다. 한날은 본인이 들고 있던 명품 가방을 몇십만 원에 사라고 해서 산 적이 있다. 그리고는 그 가방을 누나에게 줬는데, 누나는 그 가방을 메고 백화점에 갔다가 직원에게 "요즘에도 이 가방 나와요?"라고 물었다가 직원에게 "글쎄요. 이런 제품은 저희 정품 판매장에서는 취급하지 않습니다."라는 말을 들었다고 한다. 지금 생각해보면 전형적인 선천적 사기꾼이었던 거다. 또 비밀이 너무 많았다.

어느 정도였느냐면 형의 이름과 얼굴 말고는 진짜 아는 게 없을 정도다. 그만큼 치밀했고 철저했다.

성인이 돼서 그 형은 서울로 갔고 출판 문제 때문에 오랜만에 서울에서 만났을 때도 여전했다. 부산에 볼일이 있다며 부산까지 내려갈 때 좀 태워달라고 해서 부산까지 태워주었는데도 밥 한 그릇 사주지 않았다. 그리고는 나중에 연락한다며 어디론가 유유히 사라졌다. 그래도 나는 이 형을 일찌감치 알았기 때문에 나를 이용할 사람을 알아볼 수 있는 안목을 가지게 됐다. 이 점은 정말 고맙게 생각한다.

배신도 마찬가지다. 스타트업을 잘 이어나가고 있던 내 가장 친한 친구에게 다른 친구 한 명이 일 좀 시켜달라고 애원을 했었다. 그 친구가 질투와 시샘이 엄청나게 많은 사람이라는 것을 알고 있었기에 내가 개입할 문제는 아니었지만 가장 친한 친구에게 저 친구만 아니면 된다며 "네 눈에는 안 보이겠지만 등에 커다란 칼을 감추고 있는 녀석이다."라고 말했었다.

결과가 뻔하지 않겠는가? 남이 잘되는 꼴을 못 보는 친구인데, 사고를 쳐도 단단히 치리라는 것은 뻔한 사실이다. 결국에는 돈을 횡령했고 모든 자료를 가지고 가면서, 물을 흐리는 미꾸라지 같은 이간질로 내 가장 친한 친구의 오래된 직원들까지 모조리 빼돌렸다. 그 후로 뒤에서 들려오는 이야기를 소문으로 들은 적이 있다. 여전히 남에게 피해를 주기에 바빴고, 그럼에도 변명은 청산유수였다고 한다. 이 점에서 우리가 알아야 할 것은 타인에게 피해만을 주기 위해서 태어난 사람도 있다는 사실이다.

마음 안에 너무 많은 사람을 담으려 하지 마라. 그중 어떠한 사람은 언제나 당신 편이 아니었을 수도 있다. 왕래할 수 있는 사람만을 담아라. 배신이라는 경험 또한, 하루라도 젊을 때 느껴보는 것이 이롭다.

절망적인 일은 인생 수업이다

절망이라는 것은 원래 연속해서 찾아오거나 중첩되어 찾아온다. 그때마다 한계를 만나지만 뛰어넘어 이겨냈지 않았는가? 탄생과 죽음까지 괴롭지 않다면 인간으로 사는 삶의 의미가 없다. 괴로움을 극복하는 것, 그것이 의미다.

내가 장사를 시작했을 때 얼마 되지 않아 돼지 열병이 창궐했는데, 그로부터 몇 년이 지난 지금도 고기 단가가 계속 오르고 있다. 코로나 때문에 수입 고기가 제한적인 것도 있고 국산 고기도 마찬가지다. 물가가 두 배가량 올랐다고 국밥 가격을 두 배로 올릴 수는 없다. 미치고 팔짝 뛰는 거다. 돼지 열병이 생기고 머지않아 코로나가 발생했다. 이후로 지금도 마찬가지지만 약간, 정신에 문제가 있는 사람처럼 소위 말하는 정신 줄을 놓아야 이로운 상황인 거다. 그래야만 마음이 그나마 평온하다. 압박감이 느껴지는 날에는 어릴 적 월세가 밀려서 단칸방에서 쫓겨나던 날을 회상한다. '지금이 아무리 힘들어도 그때보다 힘들 수 없다.' 힘든 시절을 지날 수만 있다면 이처럼 든든한 버팀목이 되기도 한다.

이십 대 중반쯤 친구 한 명과 고향을 떠나 타지에서 일한 적이 있다. 그때 친구는 고향에 애인을 두고 타지로 왔고, 머지않아 여자 친구와 헤어졌다. 친구는 일에 집중하지 못했고 우울증에 걸린 사람처럼 너무 괴로워했다. 그리고 친구와 택시를 타고 내릴 때 지갑을 두고 내려서 다음 신호까지 뛰어가서 택시를 멈춰 세우고 지갑을 찾아준 적도 있다. 그만큼 정신이 없었던 거다. 그럼에도 어느 날 휴게소에서 결국 지갑을 잃어버렸다. 또 머지않아 친구의 어머니가 쓰러지셔서 병원에 입원하셨다. 옆에서 지켜보던 나도 마음이 힘들었다. 돈을 벌어야 했기 때문에 일을 그만둘 수 없었고 휴무일이 오면 어머니 곁을 지키려고 노력을 많이 했었던 친구다.

어느 날은 친구가 오토바이를 타고 회사에 출근하다가 트럭과 사고가 났다. 다행히 크게 다치지는 않았지만, 치료를 오래 받아야 했다. 그 시기에 내가 친구에게 해준 말이 있다.

"옆에서 쭉 지켜보니까 지금 너의 팔자를 봤을 때, 내가 너였어도 숨을 못 쉴 것 같다. 그렇지만 네가 느끼고 있는 그 고통은 분명 더 큰 사람으로 성장하기 위한 고통일 거다. 한 가지만 기억해줬으면 좋겠다. 나는 미래의 너라는 사람을 기대할 거다."

그렇게 친구를 끊임없이 위로했고 친구는 잘 버텨냈다. 어머니도 건강이 돌아오셨다. 그 친구가 얼마 전에 전화를 걸어왔다. 또 무슨 사기 비슷한 것을 당했다는 말이었다. 나는 얼마쯤 되냐고 물은 뒤 "똑똑한 녀석이 왜 자꾸 귀신에 홀린 것 마냥 정신 나간 행동을 하는 거니?"라며 상당히 혼을 냈었다.

그러면서 이번에는 어떤 위로를 해줬느냐 하면 실수로 빼먹은 공깃밥 하나를 손님에게 다시 가져다주러 가다가 골목길에서 초보 운전 이모님과 사고가 났던 이야기를 해줬다. 이모님께서 브레이크를 살포시 밟았으면 아무 일이 없었을 텐데 액셀을 확 밟아 버려서 경차가 내뿜기에 상당히 우렁찬 RPM의 엔진 소리와 함께 나를 들이받아버렸다. 그때 그 이모님은 보험도 들지 않으셨고 심지어 블랙박스도 없었다.

솔직히 너무 화가 났지만 각자 알아서 하기로 하고 돌아섰다. 오토바이를 새로 산다고 돈도 많이 들었고 진짜 고생이 이만저만 아니었는데 그 사고의 순간이 내 인생에서 최고의 수업 시간이었다고 말해줬다. 대한민국 최고의 방어운전, 배려운전의 초고수가 됐기 때문이다. 그래서 사기당한 돈만큼 인생 수업비용을 지급했다고 생각하라고 말했다.

스타트업을 했었던 가장 친한 친구에게도 똑같은 말을 해줬었다. 횡령당한 돈만큼 인생 수업비를 지급했다고 생각하라고 말이다. 끝으로 "분명, 다가올 날 중 결정적인 순간에 수업 내용이 빛을 발할 거다."라는 말로 대화를 마무리했다.

당신이 고통을 느끼고 있다면 이 책 잘 샀다. 당신이 겪고 있는 수업 내용이 어떤 내용인지 나는 알 수 없지만 어떻게 자기 합리화를 할 것인지, 또 어떻게 이겨내며 극복할 것인지를 생각할 수 있는 사람이 되어 훗날 결정적인 순간에 웃을 수 있는 사람이 되기를 바란다. 아무리 좋은 내용의 책을 읽고 간접 경험을 한다고 하더라도 자신이 직접 겪었던 경험보다 와 닿을 수 있는 수업은 없다.

무한 에너지

장윤정의 〈초혼〉이라는 노래를 듣고 눈물을 흘린 적이 있다. 단순히 가사가 너무 슬퍼서였는데 듣다 보니 가사와는 관련이 없지만 보고 싶은 사람들이 차례대로 떠올랐다.

첫 번째는 중학교 2학년 때 담임 선생님이었다. 사격 선수를 그만두고 방황할 때 어떻게든 나를 잡아주셨다. 한 날은 아버지를 잘 모신다는 이유로 받게 된 학급 반 학생 중 한 명에게만 수여하는 표창장을 모두가 보고 있는 가운데 교탁 앞에서 갈기갈기 찢어버리셨다. 이유는 내가 사고를 치는 바람에 징계를 받아서였다. 내 생에 첫 상장이 될 뻔했던 거다. 그 압도적인 카리스마를 잊지 못한다.

　선생님은 책을 좋아하셨는데, 아버지가 학교에 호출되는 날이면 책을 선물하고는 하셨다. 또 교복 바지가 낡았다며 바지를 구해주기도 하셨고, 집에 나를 데려가서 과일까지 깎아주셨다.

　3학년 때 교무실에서 "다시는 이 학교 학생 안 합니다."라며 박차고 돌아설 때 하필이면 2학년 때 담임 선생님과 눈이 마주쳤었다. 이 내용을 두 번째 책에도 수록했었다. 그냥 그 기억이 났던 거다.

　그 때문에 만나 뵙고 죄송하고 스승님 덕분에 항상 감사하며 열심히 살고 있다는 말과 큰절 한번 올려보고 싶은 마음에 교육청 〈스승님 찾기〉 서비스를 이용해봤지만 결국 못 찾았다. 혹여나 선생님께서 이 책을 보시고 SNS로 연락이라도 주신다면 국밥을 정성스레 포장해서 저서 3권을 들고 꼭 찾아뵙고 싶다.

　두 번째는 할아버지 생각이 났다. 요즘 할아버지 생각이 자주 나는 것 같다. 얼마 전 꿈에 나타나셔서 말씀하셨다.

　"주형아, 할아버지가 못 한 말이 있다. 미안하다. 미안하다. 할아버지가 돌아가서 생각해보니까. 너를 혼내거나 미운 말은 다 해본 것 같은데, 미안하다. 이 한마디를 못 했더라. 이게 너무 후회되더라. 할아버지가 미안하다."

꿈이라는 것을 나는 알고 있었다. 꿈이라는 것을 자각했기 때문에 할아버지의 형상이 사라질까 봐 어서 빨리 말했다.

"이제서야 할아버지를 기억하고 그리워해서 제가 더 죄송합니다. 할아버지."

세 번째는 내 가장 친한 친구의 어머니다. 중학교 시절쯤 친구의 아버지가 갑작스레 돌아가셨다. 장례식장에서 영정사진으로 쓸 수 있는 증명사진 같은 게 있으면 가져와 달라고 했고, 친구와 나는 수납장을 뒤지다가 하필이면 최근에 찍어 놓으셨던 아버지의 증명사진을 발견하고는 끌어안고 한참을 울었다.

그 후로도 몹시 가난했을 어머니였을 텐데 내 밥그릇을 끝까지 챙기셨다. 돌이켜 생각해보면 비엔나소시지 하나를 삼등분해서라도 구워주시면서 우리의 끼니를 놓치지 않으셨다. 그때는 반찬을 많이 집어 먹는 게 솔직히 눈치 보이기도 했고 그 밥이 얼마나 맛있었는지 그 조그만

비엔나소시지 하나를 입에 넣고 큰 술로 밥을 떠서 먹다 보니 밥그릇을 다 비우고는 밥 한 공기를 더 달라고 말하기가 어려워서 우물쭈물하고 있을 때면 그냥 말없이 내 밥그릇을 들고 밥솥에서 다시 가득 담아주셨다.

"주형아, 밥 더 줄까?"

이 음성을 나는 매일 지금껏 잊은 적이 없다. 사고를 저질러서 경찰서나 법원을 가게 되면 "이 아이가 무슨 잘못이 있습니까?"라며 항상 내 부모가 되어주셨고, 군 시절 휴가를 나와 복귀할 때면 빵을 가득 담아 주시면서 봉투에 용돈까지 넣어 주셨다. 나는 지금 이 주제를 이 친구 집의 한 공간에서 쓰고 있다. 이 주제만큼은 여기서 쓰고 싶어서다. 몇십 년이 된 원형 식탁에서 맛있는 밥을 얻어먹을 때면 이 집에서 먹는 밥상만큼 맛있는 음식이 없음을 느낀다.

은혜라는 것은 끝까지 기억하고 감사하는 거다. 누군가를 짓밟기 위한 노력도 해봤다. 하지만 그러한 노력은 한계가 있고 끝까지 나아갈 수 없었다. 반면 내게 은혜를 준 사람이 한 명이든 백 명이든 그들을 매일 생각하고 도움이 될 수 있는 사람이 되겠다고 다짐한다면 죽는 순간까지 나아갈 수 있는 사람이 되는 거다.

　스스로 성장하는 사람은 없다. 그렇게 생각했다면 자만이다. 아무리 혼자라고 생각하더라도 결국 당신 주변에는 사람이 있다. 혹여나 누군가를 미워할 때는 잠시 미워하더라도 언제나 진정으로 감사할 수 있는 사람이 돼야 한다.

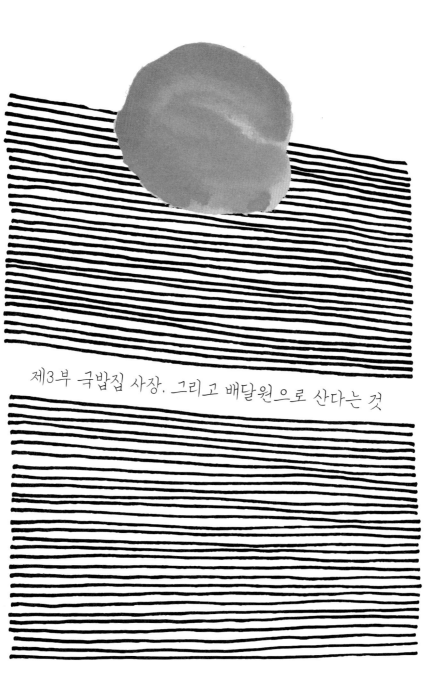

제3부 국밥집 사장. 그리고 배달원으로 산다는 것

노력하고도 빨리 지치는 이유가 있다면 외적인 것, 물질적인 것을 기대했기 때문이다. 이를테면 타인의 인정이라든지 금전 같은 것들. 이러한 것들은 사실 약속된 보상이 아니다. 따라서 지치지 않는 방법은 자신이 노력하는 능력, 그 본질에 의미를 두는 것이다. 분야가 바뀌어도 실패를 이어가더라도 경험을 통해 진행형으로 성장한 자신 안의 능력을 믿는 것이다. 쉽게 말해서 근력운동을 열심히 한 사람의 근육량과 운동수행력이 헬스장을 옮긴다고 해서 소멸하지 않는 것과 같은 이치다.

죽음을 두려워하지 않는 생명체는 없다

아무래도 도로에 많이 노출되어 있다 보니 고양이의 죽음을 자주 본다. 바쁘지 않을 때는 시체를 치우려고 노력한다. 오토바이 배달통에는 유기견이나 길고양이에게 나눠주려고 간식거리를 넣어두고 다닌다. 그리고 비닐봉지도 있다. 죽은 고양이를 보면 근처 편의점에 들러 20ℓ 종량제 봉투를 구매해서 차량이 다니지 않는 틈을 타서 오토바이의 비상등과 몇 가지의 불빛으로 도로를 통제하며 비닐봉지를 장갑 삼아 고양이를 인도에 있는 가로수로 한 차례 옮겼다가 종량제 봉투에 담으면서 간식거리를 같이 담아 보낸다.

"고양이야, 아주 두려웠지? 나는 너를 보고도 못 본 척

할 수 없더구나. 간식은 입맛에 맞는지 모르겠다. 아무런 걱정 없는 곳으로 가서 비록 그곳에서는 눈치 보지 말고 실컷 뛰어놀기를 바란다. 그리고 내가 위험할 때면 나 한 번만 도와줘. 잘 가."

  이러한 행위는 나의 두려움과 염원에서 비롯됐다. 나 스스로 만들어낸 미신이지만 내가 아무리 도로에서 조심하려고 애를 써도 사고를 피할 수 없을 수도 있지 않을까 하는 걱정 때문이다. 고양이도 생명이 있고 인간도 생명이 있는데 모습만 다를 뿐이지 내가 만약 큰 사고를 당한다면 그래서 목숨을 잃는다면 나를 치우는 사람에게 정말 미안할 것 같다.

  나는 도로에 노출되는 시간이 많은 만큼 사고를 자주 봐왔기 때문에 겁쟁이가 되고 말았다. 그래도 한 가지 확실한 것은 도로에서만큼은 아무런 체계도 모르는 터프가이보다 체계를 완벽하게 아는 겁쟁이가 낫다는 것이다. 고양이를 치우는 모습을 본 일부 운전자나 순찰 나온 경찰관들은 내가 치어 죽인 것으로 생각할 수도 있다. 죽은 길고양이를 누군가는 치운다. 그렇지 못할 때, 한번 죽었으면 됐지 그 길을 지날 때 쥐포처럼 눌어붙을 때까지 한참을 보게 될 것 아닌가? 내가 알고 고양이가 알면 그것으로 된 거다. 내가 잘한 일이 맞는다면 고양이가 고마워했으면 좋겠다.

얼마 전 친누나의 전화 한 통을 받았다. 꿈자리가 안좋으니 조심해라는 내용이었다. 그래서 무슨 꿈을 꾸었느냐고 물었다. 그랬더니 이런 이야기를 했다.

"꿈에 웬 고양이 한 마리가 오른쪽 뒷다리를 들고 있더라. 많이 다쳐 보이는 것 같아서 그 고양이를 안았는데 꿈에서 깼다. 꿈에서 깨자마자 네 생각이 나더라고 누나가 항상 기도하는 거 너는 모를 거다. 무조건 운전 조심해라."

다른 동물도 아니고 고양이가 꿈에 나왔다는 말에 정말 조심해야겠다고 생각했다. 그리고 그날 엄청난 속도로 자살특공대처럼 역주행하는 오토바이가 내게 번쩍하며 달려왔고, 약 5cm 차이로 드리프트를 하며 피했다. 체감 속도는 약 80~100km 정도였다. 아마도 반대편에 있는 건물에 가기 위해서였을 거다. 블랙박스 영상이 남아 있다. 만약 부딪혔다면 오른쪽 다리를 영영 쓰지 못하게 됐을 거다.

이 책을 집필할 때 가능한 한 국밥집과 배달에 관련된 내용을 언급하지 않으려고 다짐했었다. 까닭은 배달원에 대한 인식이 좋지 않아서 역효과를 우려했기 때문이다. 그렇지만 나는 악성 배달원이 아니다. 이 점을 꼭 알아줬으면 좋겠다. 도로에서는 항상 조심하고 방어하고 배려하려고 노력한다. 가게에 홀로 계실 어머니께 돌아가야 하기 때문이다. 그래도 있어서는 안 될 만일을 대비해서 종종 유서를 쓴다. 이것이 쌓이면 가식 없는 진짜 일기가 되어주거나 자신에게 가장 진솔한 내면의 순간을 만들어주기도 한다.

가끔은 새벽의 시간을 빌려 내면의 밑바닥까지 아주 천천히 내려가서 유서를 써 보는 시간을 가지기를 바란다. 인생을 통틀어 단 한 번도 자신에게 진솔한 시간을 가져보지 못한 사람이 제법 많은 것으로 알고 있다. 죽으라는 말이 아니라 내일의 새로운 삶을 얻고 자신을 만나는 시간을 가져봤으면 좋겠다는 취지다.

게으름은 겉멋이다

언젠가 가게로 전화 한 통이 걸려왔다.

"군대에서 동생이 휴가 나왔는데 돈은 없고 정말 배가 고파서 그런데 국밥 좀 배달해주실 수 있나요?"

배달 앱 공지 사항에 정말 배가 고픈데 돈이 없으면 용기 내서 전화 달라고 써 놓았기 때문에 흔쾌히 3만 원 상당의 메뉴를 구성해서 현관문 앞에 음식을 비대면으로 전해 주고 돌아섰다. 며칠 지나지 않았는데도 머지않아 또 전화가 걸려왔다. 같은 내용이었다. 그래서 또 해줬다. 단순히 사는 게 힘이 많이 드나 보다 하며 생각했었다. 또 머지않아 이번에는 배달 앱 주문이 들어왔다.

"전화가 끊겼어요. 염치없지만 부탁합니다."

메뉴를 보니 공깃밥까지 알차게도 주문했다. 나는 이 손님이 진짜 배가 고파서든 아니면 악용하는 것이든 배가 고프다는 사람을 마다할 수가 없어서 또 해줬다. 머지않아 전화가 걸려왔다. 같은 내용이었다. '아, 이번만 해주고 다음에는 해주지 말자.'라는 생각이 들었다. 이 손님은 전화기를 다시 살렸음에도 돈을 지급하고 우리 가게의 음식을 단 한 번이라도 주문하지 않는 사람이구나. 그래서 붙임쪽지에 적었다.

"마지막!"

그리고는 포장된 비닐봉지에 붙였다. 그렇게 비대면으로 전해주고 돌아왔지만, 또 언젠가 전화가 오게 될지는 모르겠다. 이 손님은 그냥 백수일 확률이 높다. 평일 주간과 저녁, 주말 주간과 저녁 골고루 집에 있었기 때문이다.

게으른 사람이 되면 절제력을 잃게 되고 가난한 사람이 되거나 그것에서 벗어나지 못한다. 문제는 잔머리를 굴리는 시간이 늘어나게 되면서 타인에게 지속해서 피해를 주게 되는 것이다. 하루 24시간 중 8시간이나 수면한다고 가정했을 때 16시간을 도대체 어디로 증발시켰는지 생각해볼 필요성이 있다. 노동의 결정적 이유 그 첫 번째는 내가 잘사는 것과 도움을 주기 위함보다는 타인에게 피해를 주지 않는다는 것에 있음을 반드시 잊지 말아야 한다.

이처럼 일터에서도 물론 동료에게 피해를 주지 말아야 하며 모든 타인에게 피해를 주지 말아야 한다. 또한, 세상이 아무리 힘들어도 내 시간과 금전이 소중한 만큼 타인 또한 마찬가지라는 것을 알고 타인에게 피해를 주지 않는 선을 지킬 수 있는 사람만이 진정으로 절약을 아는 사람이다. 적어도 새벽에 집을 나와 인력사무소를 어슬렁거릴 용기조차 없다면 그 인생은 망한 인생이다. 나가서 불법 전단이라도 붙이고 건설 현장에서 심부름이라도 해야 한다. 우리나라에 현재 외국인 노동자가 얼마나 많은지 그 실태를 깨달아야 한다.

배운 것이 없다면 16시간을 쪼개어 시간으로 때워야 한다. 자유 민주주의의 삶은 빈부의 격차 때문에 나날이 어려워지겠지만, 자존심에 의미를 부여하지 않고 노력하는 자에게는 역전의 기회를 제공한다. 겉멋을 내려놓고 뛰어들어 시작해야만 내면이 멋있어지고 머지않아 자연스레 겉모습 또한 멋있어진다. 겉멋을 내려놓지 못한 시간은 결국 무의미한 시간으로 증발한다.

잔머리는 결국 자신을 갉아먹는 기생충이 된다. 독서를 하는 사람은 소수에 가깝다. 그렇지만 리더가 될 확률이 높다. 그런 당신이 백수일 리가 없지만, 만약 백수라면 생각을 많이 하지 말고 일단 나와서 말단의 일이라도 노동을 하면서 생각하기를 바란다.

타인을 단정 짓지 마라

많은 사람이 보는 가운데에서 물 설사를 바지에 제대로 지렸고 심지어 한가득 새어 나오는 꿈을 꾼 날, 인터넷으로 해몽을 해보니까 작품의 미완성부터 시작해서 재물이 새어 나가거나 건강이 악화한다는 둥, 안 좋은 해몽이 더 많았고 좋은 해몽으로는 재물이 들어온다고도 했었다. 꿈을 크게 믿지는 않지만, 점심 장사 내내 찝찝함이 감돌았다. 이 책의 집필 퇴고 단계에 들어서려는 찰나이기도 했다.

그러던 중 배달 앱으로 수육 보쌈 15만 원어치 주문이 들어왔다. 양이 제법 많았기에 '단체 손님인가? 무슨 일이지?' 하는 생각이 들어서 우선 주문을 받지 않고 요청 사항을 읽어봤다.

"사장님, 늦었지만 그간 베푸신 거에 비해 얼마 안 되지만 이렇게나마 입금합니다. 감사했습니다."

그러던 중 전화가 걸려왔다.

"사장님 ○○원룸입니다. 제가 그동안 정말 감사한 마음이 들어서 입금해 드리려고 주문했습니다. 주문받으시고 바로 완료 누르세요."

"손님, 저는 이런 돈을 다시 돌려받으려고 음식을 대접한 게 아닙니다. 그냥 가끔 주문해주시면 되는데 안 이러셔도 됩니다."

"아니요. 공짜로 음식을 주시는 데 구성과 그 정성에 제 양심이 용납되지 않더라고요. 꼭 받아주십시오. 그리고 주문해서도 먹겠습니다. 정말, 정말 감사합니다."

점심시간이라 바빴기 때문에 밀려있는 음식을 들고 오토바이 배달통에 싣고 시동을 걸었다. 그리고 두 볼에 바람이 느껴지자 나는 눈물을 흘려버렸다. 아주 뜨거운 눈물이었다. 두 가지 이유였다. 첫 번째는 적자 속에서도 지켜왔던 내 소신에 대한 믿음의 보상이었고, 두 번째는 사람을 판단하고 단정지은 것에 대한 참회였다. 두 가지 중 사람을 판단하고 단정 지었던 미안함이 더 컸다. 대단한 판사도 죄의 유무를 판단하지 사람을 판단하지는 않는데, 나는 몇 번의 정황으로 사람을 판단해버린 거다. '마지막!'이라는 메모를 붙여 음식을 대접하고 한참 후였기 때문에 적어도 이 손님의 양심은 누구보다 부지런한 사람이라는 것을 인정한다.

2013년에 개봉한 배우 송강호 주연의 〈변호인〉이라는 영화 내용 중 송강호가 변호사가 되기 전 몹시 가난했던 시절 배가 고파서 단골 국밥 가게에서 국밥을 먹고 도망간다. 그 후 변호사가 되고 은혜를 갚기 위해 다시 국밥 가게를 찾는 장면이 나온다. 그때 국밥 가게 사장님으로 나오는 故 김영애 배우가 한마디 한다.

"니, 참말로 그 문디가?"

나는 단순히 이 영화의 한 장면이 생각났다. 사람을 첫인상으로 판단하는 것은 어쩌면 본능일지도 모른다. 하지만 사실, 누구에게도 사람을 판단할 자격은 없다. 또한, 스쳐 지나갈 인연이라도 단정 짓는 것에 머무르지 않고 아주 먼 미래를 열어두는 태도를 겸비할 수 있는 사람이 되기 위해 노력해야 한다. 손님이 은혜를 갚던 날 늦게라도 글을 수정할 수 있었지만 하지 않았다. 까닭이 있다면 나도 이런 잘못을 한다는 것을 숨기지 않고 보여주고 싶어서다.

나는 이날을 기억할 것이고 잊지 않을 거다. 배가 고파서 국밥을 좀 해줄 수 없느냐는 손님을 게으른 사람의 소재로 만들었다는 것에 대한 반성문인 거다. 그 후로도 그 손님은 네 차례나 더 부탁을 해왔고 군말 없이 음식을 배달했다.

어떤 배달 손님이 될 것인가

이왕 말 나온 김에 배달 예절에 대해서 알아보고자 한다. 가장 기본이 되는 사실이 있다면 자신이 아무리 소비자라고 하더라도 갑과 을처럼 수직적인 관계를 지향하지 않고 모든 인간관계는 수평적인 눈높이에서 시작된다는 것을 이해해야 한다.

물론 배달 앱은 소비자에게 리뷰라는 강력한 무기를 쥐여줬기 때문에 업주는 언제나 평화를 위해 방패도 없이 두려움에 떨어야 하는 게 현실이다. 다른 업주는 어떻게 생각할지 모르겠지만 나는 좋은 리뷰를 보는 뿌듯함 하나만으로 배달 장사를 이어오고 있다. 그렇지만 소비자 관점에서 악성 리뷰를 남기고 싶어지는 순간이 있다. 그때는 우선 엄지를 한 번 접어두고 가게에 전화를 걸어서 업주에게 상황을 알린다. 업주에게 한 번의 기회를 주는 거다. 대부분 환급을 해준다든지 다시 해준다든지 속상한 마음을 풀어주려고 노력하는 모습을 보일 거다.

마음의 평정심이 원래의 상태대로 다시 돌아온다면 별점 한 개가 될 뻔했던 게 다시 다섯 개가 될 수도 있다. 하지만 응대에 능하지 못한 업주는 그 기회를 걷어찰 수도 있다. 그때는 소비자의 권리로 주고 싶은 별점을 주면 된다. 따라서 한 번의 기회 정도는 줄 수 있는 소비자가 되는 것이 바람직하다.

다음은 음식 수령이다. 가장 먼저 배달 앱을 켰을 때 현재 내 위치와 배달 앱에 입력된 위치가 일치하는지부터 확인해야 한다. 친척 집이나 친구 집에 다녀왔을 수도 있고 직장에서 주문했을 수도 있어서 주소가 바뀌어 있는지를 확인해보는 거다. 습관처럼 주문했다가 음식이 다른 곳으로 갈 수 있기 때문이다.

이런 상황이 발생했을 때 자체적으로 배달하는 가게라면 배달 앱을 임시로 중단한다든지 다음 손님들에게 늦어질 수 있다며 양해를 구한다든지 조금 더 섬세한 방법들이 있어서 그나마 조금 덜 하겠지만, 만약 배달 대행 기사님이라면 설령 배달 팁을 손님이 추가로 부담한다고 하더라도 그날 하루 일을 통째로 날려 먹게 된다. 배달통 안에 근처 다른 집으로 전해질 음식이 같이 실려 있을 수도 있고 다음으로 픽업할 가게의 오더가 시간에 맞춰 이미 배차되어 있을 수도 있다. 또 하필이면 현 위치의 주소가 잘못된 주소보다 먼 곳에 있다면 많이 난감해질 수가 있기 때문이다. 대체로 후자가 많아서 이 부분은 조금 신경 써주는 게 좋다.

마지막으로 소비자가 도착지에서 부재중일 수도 있을 때 주문 방법이다. 시간을 아끼고자 퇴근하면서 주문하는 경우나 아니면 샤워를 한다거나 또 깜빡 잠이 들었을 경우처럼 문을 열어줄 수 없는 상황일 때 걸려 오는 전화를 받을 수 있도록 마음의 준비를 하는 방법이 가장 좋지만 하필이면 통화가 불가능한 사각지대의 순간이 생길 수도 있다. 자신이 이럴 수도 있는 사람이라면 마음 편하게 요청 사항에 현관문 앞까지 배달 기사님이 갈 방법을 명확하게 제시해줘야 한다.

보편적으로 원룸이나 아파트라면 공동현관 비밀번호를 남긴다든지 주택이라면 대문을 열 수 있는 끈이나 우체통에 숨겨둔 열쇠 위치 같은 것들을 알려줘야 한다. 그 후에 문 앞에 두고 벨을 눌러 달라고 하거나 문자를 남겨달라고 해야 한다. 그리고 퇴근 중이거나 샤워 중이라면 미리 요청 사항에 말해주는 것이 좋다. 전화를 받지 않아도 다른 방법을 찾아볼 수 있어서다. 만약 그렇다 하더라도 외부인이 의심스럽다면 벨과 노크 소리에 음식을 받을 때까지만이라도 귀와 신경을 기울이는 게 이롭다.

내가 느끼기에 가장 멋졌던 손님은 아파트에 사는 손님 중에서도 고층에 사는 손님이었는데 공동현관 벨을 누르고 아파트에 진입한 이후에 엘리베이터를 타고 올라가서 문이 열렸을 때 마중을 나와 있는 손님이었다. 이유는 하나뿐이다. 엘리베이터를 놓치지 않게 해주려는 배려다. 장사 초창기에 부재중이었던 손님과 다툼이 생겨서 "배달원에게 1분 1초는 정말 목숨을 좌우하는 중요한 시간입니다."라고 말했다가 "골든아워세요? 뭐 응급실 의사세요?"라며 호통을 당한 적이 있다.

나는 실제로도 배달 앱 약속 시각을 1분 남기고 도착하거나 딱 맞춰서 도착한 적이 수도 없이 많았기 때문에 장사 초창기에 상당히 민감했었다. 내가 아무리 사경을 헤매며 음식을 배달했다고 하더라도 배달 앱 약속 시각을 넘겼을 때 소비자로서는 이유 불문 리뷰 별점이 1개로 이어졌었기 때문이다. 심적으로 얼마나 고통받아야 하는지 안 당해본 사람은 절대 모를 거다.

만약 5층 이상이 되는 층에 거주하고 있고 벨이나 노크 소리에 바로 문을 열어줄 수 없다면 차라리 문 앞에 두고 벨만 눌러 달라고 요청 사항에 남기는 게 이롭다. 문 앞에 두고 돌아서서 후다닥 엘리베이터를 놓치지 않고 바로 다시 탈 수 있기 때문이다. 그런 손님들에게서는 입술이 바짝 타들어 가는 배달원 관점에서 그 짧은 순간 빛이 나게 느껴진다.

결론적으로 어차피 책을 읽는 사람은 교양이 있을 확률이 높고 내 시간이 소중한 만큼 타인의 시간도 소중하다는 것을 알고 있을 거다. 사방팔방 배달원이 미워 보일 수도 있다. 아니, 미워하는 사람이 더 많다. 이 점은 자격지심이 아니다. 가장 친한 친구도 내가 배달원인 것을 잊고서 배

달원 욕을 한다. 내가 소비자고 손님인데 굳이 그렇게까지
해줘야 할 필요가 없다고 생각해도 좋다. 다만, 이러한 행
위는 단언컨대 오지랖이 아니라 덕을 쌓는 행위라는 것을
알아줬으면 좋겠다.

일방적인 말

방금도 국밥 한 그릇을 포장해주고 자리에 돌아왔다. 우리 가게는 국밥 두 그릇부터 주문할 수 있다. 반찬 용기, 소스 용기, 부추 용기처럼 기본 구성이 있기 때문에 한 그릇을 팔면 적자다. 그래서 가게 이곳저곳에 안내해놓았다.

요즘에는 알면서도 한 그릇만 포장해달라고 하는 손님이 정말 너무 많이 늘었다. 나아가 1,000원에서 3,000원 정도 되는 추가 메뉴를 그냥 달라는 배달 앱 주문 요청 사항이 대부분이다. 그만큼 경제가 힘들어졌기 때문일 거다.

방문 포장일 경우 나는 "손님, 저희 가게는 두 그릇부터 포장이 가능하지만, 오늘은 먼 걸음 하셨으니 맛있게 포장해 드리겠습니다. 잠시 기다려주세요."라며 가능한 한 기분 나쁘지 않은 말과 예의를 갖춘다. 이 또한 '말'이다.

최대한 상대방의 기분을 존중해줘야 내 기분을 지킬 수 있다.

　한 날은 배달 앱에 두 그릇부터 주문할 수 있다는 안내와 최소 주문 금액을 설정해뒀는데도 '국밥 한 그릇＋소주＋음료' 이런 방식으로 조합된 주문이 들어왔다. 종종 있는 일이기 때문에 바쁘지 않을 때는 해주려고 했었다. 그날은 폭우가 엄청나게 쏟아진 날인데 폭우까지 뚫고 도착한 후에 음식을 건네주면서 손님께 말했다. "손님, 메뉴 안내 사항에 남겨두었는데요. 사실은 두 그릇부터 주문을 받는데, 오늘은 모르고 주문해주신 것 같아서 만들어 왔습니다. 맛있게 드세요."라며 상냥하게 설명해 드리고는 돌아섰다.

　돌아서는데 그 손님의 표정이 자꾸 머릿속에 맴돌았다. 이 좋지 않은 예감은 경험으로 만들어진 것이기 때문에 적중률이 높은 편이라 30분 정도 이후에 리뷰 창을 확인해보니 별점 1개와 맞춤법과 띄어쓰기가 하나도 맞지 않는 그 손님의 리뷰가 달렸다.

"내가너거두그릇이상배달인지알앗나정신차리라기분
나쁘게처먹고나니기분나쁘네처음부터배달보내지말던가
내가돈내고처먹고배달하는사람한테욕먹어야돼나장사하
기실나"

알아보기 쉽게 수정하자면

"내가 너희 두 그릇 이상 배달인지 알았느냐? 정신 차려
라. 먹고 나니 더 기분 나쁘네! 처음부터 배달 보내지 말든
가. 내가 돈 내고 먹고도 배달하는 사람한테 욕먹어야 하
냐? 장사하기 싫으냐?"

라는 내용이다. 물론, 내가 가게 업주가 아닌 배달원이라
착각할 수는 있다. 그렇지만 내가 욕을 했다니, 추측건대
지폐가 젖어있던 것을 봐서는 그 손님도 배달원일 확률이
높다고 속으로 생각했었다.

그 순간의 심정으로 이 리뷰를 봤을 때 솔직히 우발적으
로 죽어버리고 싶다는 생각이 들었었다. 더군다나 당시에
새우튀김 하나 때문에 악성 리뷰에 시달리다가 갑자기 쓰

러지신 후 돌아가신 분식점 여 사장님의 안타까운 소식이 뉴스에 보도되고 있을 때라 우선으로 내 감정을 뒤로하고 혈압이 높으신 어머니가 이 리뷰를 어떻게든 못 보게 하고 싶은 마음이 크게 들었다.

원래라면 손님 집에 다시 방문하면 법적으로 큰 손해를 보는 것을 잘 알고 있었지만 가게 문을 닫는 한이 있더라도 폭우를 뚫고 다시 달려서 손님 집에 도착해서는 무릎을 꿇고 빌었다. '도대체 내가 뭘 잘못했을까? 내가 만들어 놓은 규칙을 깨고 음식을 해줬고 정말 상냥하게 설명까지 해줬는데 왜 이렇게 고통스러워야 할까?'하는 생각이 머릿속을 가득 채웠지만 빌고 비는 방법밖에 없었다. 그리고는 어머니가 보기 전에 리뷰를 어쨌든 지웠다. 젊은 나도 정신을 못 차릴 만한 내용이었는데 어머니가 봤으면 정말, 생각만 해도 끔찍하다.

그 후 며칠 정도 지나자 그 손님이 또 주문했다. 요청 사항에는 '돈은 다음에 드릴 테니 오늘은 좀 해주세요.' 이왕 잘 됐다는 생각이 들어서 더 정성을 담아서 음식을 전해줬다. 그 손님의 아내가 나와서 음식을 받았고 나는 "손님, 제가 오늘 음식은 한번 대접하고 싶었습니다. 돈 안 주셔도 되니까 남편분께 화 푸시고 다시 한번 죄송하다고 전해 주십시오."라며 내 의사를 전달하고 돌아섰다. 그 후로는 그 손님의 주문이 오랫동안 없다가 하필 이 주제를 집필할 때 주문이 들어왔다. 음식을 문 앞에 두고 문자를 남겨달라는 요청 사항이었고 문자를 남겼더니 '감사합니다.'라는 답변이 왔다.

살아가면서 수없이 스쳐 가는 인연 10명 중 3명은 당신을 힘들게 할 거다. 그 이유로 어떤 사람은 무너지지만, 또 어떤 사람은 어금니를 악물고 부정적인 상황을 영리하게 긍정적인 상황으로 돌려놓기도 한다. 결론은 하나다. 타인 때문에 무너지기에는 당신은 정말이지 아름다운 사람이다.

영웅은 따로 있는 게 아니다

교통사고로 의식을 잃은 어린 배달원을 구조한 적이 있
다. 아마 봄이었던 것 같다. 개인적으로는 봄, 가을 주말에
교통사고가 자주 나는 것 같다. 펑하는 소리가 나서 달려
가 보니 몸이 굳은 채로 아스팔트에 코를 박고 기절해 있
었다.

오토바이 비상등을 이용해서 차로 하나를 통제했고 지
리에 능한 장점을 살려 구조 요청을 하며 환자의 상태를
살폈다. 다행히도 심장은 뛰고 있었는데, 숨을 쉬지 않았
다. 그래서 즉각적으로 기도를 확보했고 심박 수를 살폈
다. '심장이 높은 RPM으로 떨린다.'라고 표현할 만큼 엄청
나게 빨리 뛰었다.

다행히도 캑캑거리며 호흡이 돌아왔고 1분여 정도가 지

나자 의식이 돌아왔다. 구급차가 올 때까지 그 친구를 지키며 물었다.

"왜 이렇게 됐어요?"

그러자 그 친구가 머리에서 피를 흘리며 말했다.

"너무 피곤해요."

아직 정신이 돌아오지 않아 보였지만 단순히 내 어릴 적이 잠시 떠올랐다. 학교를 마치고 아르바이트 출근을 했고 늦게 마칠 때는 새벽 4시가 되고는 했었던 날들 말이다.

그 친구는 졸다가 유턴하던 자동차 뒤범퍼를 받아버린 거다. 주변을 살폈는데 정말 많은 사람이 이 상황을 멀뚱멀뚱 쳐다만 보고 있었다. 그중에서는 분명 사고의 장면을 목격한 사람도 있을 거다. 그때 언젠가 다음 책을 집필할 때 이 내용을 수록하고, 내 저서를 읽은 사람이라도 응급처치 요령의 중요성을 알게 해야 하겠다고 생각했다.

사실 그 친구와 실제로 아는 사이는 아니더라도 어디 치킨 가게에서 일하는 배달원인지는 알고 있었다. 다음 날 안부를 묻기 위해서 치킨 가게에 전화를 걸었고 헬멧을 꼭 쓰라는 말을 전했다. 그 치킨 가게는 사장님이 헬멧을 안 쓰는 데 직원이라고 쓰겠는가 하는 생각도 들었다. 자동차의 안전띠만큼 더 중요한 게 있다면 오토바이의 헬멧이다. 그것도 이왕이면 조금 비싼 헬멧을 쓰면 좋겠다.

또 한 날은 노년의 택시 기사님을 구조한 적이 있다. 퍼 벅 하는 소리가 들려서 달려가 봤더니 택시 한 대가 반대 차선에서 가드레일을 뚫고 넘어와 보도블록 위로 올라가 있었다. 추가적인 인명 사고는 없었다. 그래도 아주머니 한 분이 신고하고 있었고 차량 보닛에서는 연기가 올라오 고 있었다.

나는 차량을 살폈다. 그리고는 먼저 운전석 문을 열려 고 하는데 문이 안 열렸다. 힘으로 당겨도 불가능했다. 고 민을 길게 하지 않았다. 어머니가 사주신 금팔찌를 풀어 서 호주머니에 넣고 지퍼를 잠근 후 주먹으로 자동차 창문 이 깨질 때까지 휘둘렀다. 정확히 두 방 정도를 휘두르자 엄청난 조각이 생기며 창문에 금이 갔다. 다행히도 파편이 튀지는 않았다. 선팅 때문인지 아니면 특수한 제조 기술이 들어가서인지는 몰라도 솔직히 조금 신기하다는 생각이 들었다. 파편을 걷어내고 창문으로 손을 넣어서 문을 열었 다. 문을 열자마자 술 냄새가 진동했는데 다행히도 손님은 없었고 기사님만 기절해 있었다.

만일에 있을 폭발을 대비해서 즉시 시동부터 껐고 운전석 시트를 뒤로 최대한 눕힌 뒤에 심박 수를 살폈다. 심장은 뛰고 있었기에 기도를 확보했다. 사고 직후에는 환자를 최대한 움직이지 않고 응급처치를 해야 한다. 뼈가 부서지거나했다면 섣부른 판단으로 오히려 생명을 앗아갈 수도 있기 때문이다. 이후 아주머니의 빠른 신고로 구급차가 금세 왔다. 음주운전이 맞는다면 분명 문제가 있는 사람이고 운전 면허증을 반납해야 할 거다. 나는 사고 현장에 오래 머무르지 않는다. 구급차가 보이면 오토바이에 다시 시동을 건다. 배달이 주문이 밀려있기 때문에 그 이후로부터는 괜한 오지랖이 된다고 생각하기 때문이다.

사고의 원인 중 가장 위험하다고 생각하는 것은 스마트폰이다. 운전 중 스마트폰을 보는 사람은 휘청휘청 수도 없이 많다. 그런 운전자를 본다면 경적을 10초 이상 울려주기를 바란다. 그리고 창문을 열어서 "십 원짜리 욕을 쏟아 부어도 좋다." 또 대부분 사람을 보면 건널목을 건널 때 고개를 숙이고 스마트폰을 보며 건넌다. 보행자 신호를 기다릴 때도 마찬가지다. 고개를 숙이고 걸어가면 꼬리 물기나, 신호 위반하는 차량에 머리부터 부딪힌다. '내가 보행자니까 알아서 멈추겠지!' 하는 생각은 자신의 육신과 주변 사람들에 대한 너무 무책임한 생각이다. 단 한 번의 변수로 말미암은 사고는 돌이킬 수가 없다.

　운전 초보는 앞차를 믿고
　운전 중수는 신호를 믿고
　운전 고수는 오롯이 자신의 판단을 믿는다.

　그렇지만 나는 위 글귀처럼 운전 고수가 많지 않다는 사실을 알고 있고, 아찔한 순간과 사고를 너무 많이 목격했기 때문에 트라우마인지는 몰라도 신호를 기다릴 때 오토바이 경적 버튼에 엄지를 올려두고 있다. 운전자 중에는 상상할 수도 없는 이기적인 사람이 생각보다 많다는 사실을 알아야 한다. 비록 당신만이라도 건널목에서 보행자 신호를 기다릴 때 스마트폰을 호주머니에 넣어두고 주변을 살피는 사람이 되어, 스마트폰을 보고 있는 사람의 목숨을 구할 수 있는 영웅이 되기를 바란다.

내 배달통 안장에는 소화기와 구급상자가 있고 또 열쇠 고리로는 비상용 망치를 쓰고 있다. 이 비상용 망치는 희대의 발명품이다. 크기도 그렇게 크지 않아서 휴대가 간편하고 안전띠를 끊을 때 쓸 수 있는 칼도 달려있다. 망치로 유리창을 깨고 벨트를 끊을 수 있게 만들어 놓은 거다. 나는 이 도구들의 필요성을 피부로 느꼈다.

이 외에도 수많은 사고를 목격했지만, 책에 수록하기에는 다소 적절하지 않다는 생각이 들어서 피했다. 목숨이라는 것은 나와 아무 관련 없는 사람이라고 하더라도 누군가에게는 가장 소중한 사람이 될 수 있기에 일단은 살릴 기회가 있다면 반드시 살려야 한다. 우리 평범한 개인이 영웅이 되는 거다. 다음 페이지를 넘어가기 전에 인터넷 포털이나 유튜브를 이용해서 응급처치법에 대해서 단 10분이라도 알아볼 수 있는 시간을 가졌으면 좋겠다.

끝까지 좋을 수는 없다

국밥 가게를 준비할 때 정육점 사장님에게 고기 납품업체의 대리를 소개받았고, 내가 알아보고 있었던 여러 업체보다 단가가 저렴해서 그 업체에 대한 신뢰도가 높았다. 두 번째 저서에도 수록했을 만큼 칭찬을 많이 했었다. 하지만 지금은 다르다.

끝까지 좋은 인연을 유지하고 싶었지만, 담당 기사가 문제였다. 실수를 너무도 많이 했던 거다. 발주를 넣어도 대놓고 오지 않거나 A라는 고기를 주문했는데 대체된다는 안내도 없이 B도 아닌 C라는 고기를 가져오고는 했다. 뭐랄까? 게으름의 아우라가 느껴졌고 잔머리를 쓰는 게 눈에 보일 정도였다. 제법 긴 시간을 참다가 장사에 지장이 자꾸만 초래되자 대리에게 물었다.

"왜 자꾸 실수하는 걸까요?"

"그 친구 원래 그런 친구입니다. 답이 없습니다. 죄송합니다."

이 말을 듣고는 오히려 담당 기사를 감싸고 싶다는 생각이 들었다. 가게에 납품이 올 때마다 음료수를 건넸고 또 새 차를 샀다고 했을 때는 핸들 덮개를 선물했다. 때로는 기프티콘을 보내줬고, 그 기사를 이해하려 노력했다. 그러다 한 날은 언제나 그랬듯 발주를 넣었는데도 오지 않자 전화를 걸어 물었더니 추석 연휴라서 못 갔다고 말하는 것이었다. 나는 안내를 받은 적이 없었고 또 전날 발주를 넣기 때문에 발주를 넣었을 때 말이라도 해줬으면 대책이라도 세울 수 있었을 거다.

어쨌든 다행히도 다음 날 오전 9시까지 납품을 해준다는 약속을 받았고 기다렸다. 아니나 다를까 점심쯤 되어서도 소식이 없자 전화를 걸어서 상냥하게 물었다.

"기사님, 지금 점심시간이 지나가는데 왜 매번 약속을 어기시는 걸까요?"

"제가 뭘 잘못했는지 모르겠네요. 도대체 제가 뭘 잘못했을까요?"

기사는 적반하장으로 화를 내는 것이었다. 내게 핸들 덮개를 선물 받았던 게 생에 첫 선물이라며 기뻐했던 그 기사가 본색을 드러냈던 거다. 어차피 이 일이 있기 얼마 전 업체의 대리도 그만두었고, 끝을 봐야겠다는 생각이 들어서 사장님 전화번호를 물어물어 통화를 했다. 말투에서 고기 명칭도 제대로 모르는 바지사장이라는 게 느껴졌고 그동안에 있었던 일을 간략하게 설명하고 통화를 끝냈다.

오후 2시쯤이 되자 담당 기사가 납품을 온 게 아니라 전혀 관련 없는 트럭 퀵 서비스 기사님이 납품을 왔다. 그때 책임감 없는 이 업체와는 끝을 내야겠다고 결심했고, 이번 결제 금액만 보내고 마무리를 지을 참이었다. 중요한 건 납품 전표조차도 오지 않았다는 것이다.

당연히 담당 기사는 전화도 안 받았다. 할 수 없이 사장에게 다시 전화를 걸어서 "오늘 중으로 전표만이라도 문자로 보내주세요."라는 간결한 말을 건네고는 전표를 기다렸다. 전표가 왔겠는가? 안 왔다. 내가 돈을 줬겠는가? 안 줬다. 그리고는 그해 하반기 세금 신고를 할 때 조회를 해봤더니, 그 업체가 7월부터 10월까지의 세금계산서 발급을 무시해버렸다는 사실을 알게 됐다.

　이처럼 내가 아무리 나와 연관된 모든 인연에 잘하려고, 좋은 사람으로 기억되려 노력한다고 해도 끝까지 좋은 인연이 유지될 수 없을 때가 있다. 따라서 만인에게 좋은 사람이 되고 싶다는 욕구를 버려야 한다. 그중에서도 가장 먼저 끊어내야 할 인연은 내게 피해를 누적시키는 사람이다. 그런 사람에게 쓸 감정 에너지를 내게 좋은 영향을 주는 사람에게 나누는 게 자신을 위한 인간관계의 마음가짐이 된다.

흔들릴수록 완벽해진다

배달 앱으로 배달 서비스를 시작했을 때 처음 달린 리뷰의 별점은 2점이었다. 국밥 6그릇 중 2그릇이 터져버린 거다. 처음이라 그런지 자칫 우울증이 올 정도로 너무 충격적이었다. 우리 가게는 리뷰 이벤트가 없어서 총점 2점으로 시작하게 되었다.

그 후로 일주일 동안 고민한 끝에 절대 터질 일 없는 이중 포장법을 개발해냈다. 그리고 총점 5점 만점으로 가는 동안 여러 차례의 고객들의 불만을 수용했다. 국밥 용기의 크기라든지 추가 메뉴라든지 단 한 사람의 의견이라도 무시한 적이 없다. 이때 완벽함의 개념이 확립됐다.

'완벽함이란 나뭇잎이 풍성한 나무가 아니라 잎이 다 떨어지고 나뭇가지만 남은 나무다.' 털어낼 것이 없는 나무의 자태, 이보다 완벽한 게 있겠는가? 이 논리는 나침반과 같다. 모든 기준은 흔들림 후에 만들어지기 때문이다. 흔들리지 않는다면 방향을 모르게 되고 나아갈 수가 없다.

어떠한 분야에 처음 발을 디딜 때
타인을 진정으로 이용하는 방법은
언젠가는 흔들릴 빈틈이 없도록
모든 말을 전부 수용해보는 거다.
그러다 보면 내 기준이 만들어지고
파고들 곳 없는 사람이 되는 거다.

위 글귀를 SNS에 올린 적이 있다. 글귀가 조금 어려워서 완전하게 이해하지 못하는 독자도 있었고, 어조가 오만하다는 독자도 있었다. 이처럼 호불호가 갈렸지만, 이 글귀가 꼭 필요했던 독자에게는 반응이 상당히 좋았다. 그중 한 독자가 이해할 수 없다는 말로 댓글을 달았다. 나는 "이기심을 버리고, 이타적인 마음으로 타인을 수용하면 어떠한 분야든 빨리 성장할 수 있다는 뜻입니다."라고 답했다. 그랬더니 "그것이 처음부터 쉬울까요?"라는 답글이 달렸다. '처음부터 쉬울까요?'라는 말은 모든 변명의 시초가 된다.

다른 소제목에서 다뤘듯 '안 해보고 안 된다는 사람'이 되기 때문이다. 내가 설명하는 이 마음가짐은 가능한 한 처음부터 이루어져야 한다. 분야에 대한 자존심이 자라나고 나면 받아들이는 것이 어려워지고, 시간이 흐를수록 고집과 아집이 생겨나기 때문에 나중에는 이 점을 자신에게 접목하기가 매우 어렵다. 또한, 자신이 전문가 수준에 속해있더라도 늦게라도 이 점을 온전히 깨달을 수 있다면 비로소 압도적인 사람이 될 수 있다. 다만 조롱이라든지 욕설 등은 말이 아닌 짖는 소리이기 때문에 '모든 말'에 포함되지 않는다. 그럴 때는 받아들일 필요 없이 하루를 반납하더라도 더 강력하게 응징해야 한다.

처음부터 풍성한 나무가 되려고 하지 말고 앙상한 나뭇가지의 자태에서부터 시작하는 것이야말로 초심자의 마음가짐 아니겠는가. 이 시기를 온전히 받아들이고 지나야만 다음 시즌에 피어난 당신의 풍성한 잎을 보고도 "아, 저 사람은 잎이 풍성한 게 당연한 사람이야."라는 평가를 받을 자격을 얻게 된다.

포커페이스

국밥 장사를 시작하고 특정 오토바이 센터를 지정해서 단골이 됐던 적이 있다. 배달 오토바이는 아무래도 많이 타기 때문에 통째로 소모품이라고 표현하는 게 맞다. 그러다 보니 그 센터에서 새 오토바이를 두 대나 샀었다.

그런데 주변 기사님들이 말로는 그 센터 사장님의 평판이 너무 좋지 않았다. 단 한 명도 좋다고 말하는 사람이 없었다. 사실 나도 알고 있었다. 돈 안 되는 엔진오일 교환이나 소모품 수리 같은 것을 원하는 손님이 오면 신경질을 내거나 공구를 쿵쿵 던져버리거나 오토바이를 산 센터에 가서 물어보라고 하거나 "우리 센터에서 오토바이를 산지가 언젠데, 갑자기 와서 엔진오일을 교환해 달라고 하면 제가 해드려야 합니까?"라며 말하는 것을 내가 너무 많이 봤다.

한 날은 60대 손님이 센터에 방문했는데 헬멧을 사려고 하자 다른 일을 하면서 신경도 안 쓰는 게 아닌가? 그래서 그 헬멧을 내가 팔아줬었던 적도 있다. 그것도 두 번이나 팔아줬다. 그러다가도 새 오토바이를 사러 오는 손님에게는 사람이 180도 바뀌었다. 그 사장님은 무조건 팔고 나면 그만이고 안 고쳐도 될 부품을 고치게 하는 사람이었다.

결정적으로는 정비 능력이 본인 스스로 할 수 있는 게 없다고 봐도 과언이 아닐 정도로 너무 부족했다. 그렇다면 자신의 능력을 인정하고 정비 능력을 키워야 하지 않을까. 처음 샀던 오토바이도 단순 부품을 제대로 교환하지 못해서 무언가 눌어붙어 고장이 났었고, 배터리가 방전된 오토바이를 엔진이 퍼졌다며 새 오토바이를 사게 하기도 했다.

나는 오토바이 관리를 상당히 잘하는 편이다. 갑자기 오토바이가 고장이 나면 가게 일에 지장이 생기기 때문에 배터리가 방전됐다고 했을 때 그 센터에서 두 번째 새 오토바이까지 샀던 거다. 무려 두 대의 오토바이를 샀는데도 엔진오일을 교환하러 가면 귀찮아하는 표정과 신경질에 눈살을 찌푸려야 했다. 그리고 마지막으로 그 센터에 갔을 때 공구를 쿵쿵 던지는 행위에 너무 화가 났다. 나는 포커페이스를 유지했고 다시는 팔아주지 않았다.

이 점은 먼저 시비를 걸어오지 않는 이상 장사를 하는 사람이라면 가장 기본적인 거다. 아니더라도 사람을 대하는 인간관계에서도 마찬가지다. 소문이라는 것 또한, 어떻게 와전될지 모른다. 귀가 얇은 사람이 아니더라도 호평해주는 사람 없이 모두가 악평한다면 솔직히 흔들리게 되어 있다.

그 사장님에게 필요한 것이 포커페이스다. 프로와 아마추어를 나누는 기준이 있다면 나는 그것이 포커페이스라고 생각한다. 그 순간의 기분이 어떠하든 인성을 겸비한 포커페이스를 유지하는 것 말이다. 그래서 포커페이스를 유지하지 못하는 아마추어를 만난다면 선의를 베풀지 마라. 본인 스스로 깨닫게 해야 한다. 본인 스스로 깨닫지 않는다면 절대 변화할 수 없다.

사람마다 신경질적이고 이익만을 추구하는 사람이 있

을 수 있다. 하지만 자신의 모습을 자각하지 못하고 대놓고 티를 내보이는 것은 타인을 불쾌하게 한다. 따라서 인성을 겸비하려는 노력을 제대로 꾸준히 해야 한다. 그래야만 애써 연기하지 않아도 호평받는 좋은 사람이 될 수 있다. 구정물을 맑게 하는 방법은 맑은 물을 끊임없이 붓는 것 아니겠는가?

사람을 잃을 때와 얻을 때

장사 초장기에 배달 주문 단골과 다툰 적이 있다. 첫 주문부터 고기가 질겼다며 리뷰를 남기고는 했었지만, 항상 별점 5개를 줬었다. 그 손님은 별점은 5개를 주되, 그날 음식 상태에 따라서 할 말은 솔직하고 정확하게 하는 성향을 가지고 있었다. 그러다 보니 한날 조금 감정적으로 다투게 됐고, "손님한테는 음식 팔지 않겠습니다."라며 마음에도 없는 말을 불쑥 뱉어버렸었다. 그랬더니 그 손님은 남겨놓았던 별점 5개 리뷰를 전부 다 지워버렸다. 손님에게 상처를 줬고 나도 상처를 받았었다.

그 후로 1년 정도 지날 때쯤, 그 손님의 주문이 들어왔다. 그날 이후로 반성했고 많은 것을 깨달았기 때문에 죄송한 마음과 내가 음식을 팔지 않겠다고 했는데도 주문을 했다는 것에 감사한 마음마저 들어서 수육을 서비스로 챙겨 드렸고, 지금까지도 우리 가게의 음식을 자주 주문하고는 한다. 그렇지만 얼마 전 리뷰에 또 고기가 질겼다며 리뷰를 남기는 게 아닌가?

그런 리뷰가 달리면 정말 일주일 정도는 그 메뉴의 신규 주문이 거의 들어오지 않는다. 우리 가게는 리뷰 이벤트가 없기 때문에 그 리뷰가 상단에 장시간 머물러 있어서 그렇다. 리뷰 이벤트를 하지 않는 이유는 본 메뉴에 심혈을 기울이기 위해서이다. 고기가 질겼다는 리뷰가 달린 이후 다음 주문이 들어오자 손님에게 문자 한 통을 보냈다.

"음식 문 앞에 두고 갑니다. 손님, 리뷰는 남기지 않으셔도 됩니다. 음식에 문제가 있다면 이 번호로 연락 부탁합니다."라고 말이다.

그랬더니 이런 답이 왔다.

"안녕하세요. 사장님 앞에 일도 그렇고 사람을 이상하게 몰고 가시는 느낌이 듭니다. 그때 저에게 주문 안 받는다고 하셨죠? 그래도 시간이 지나 사장님 가게 국밥 생각이 나서 주문을 했고, 그 후로 늘 맛있게 잘 먹고 있습니다. 얼마 전에는 고기가 질겼다고 남겼습니다. 없는 사실을 쓴 것도 아닌데도 음식에 조금이라도 안 좋다는 얘기가 있으면 너무 예민하게 받아들이시는 건 아닌지요? 조금이라도 안 좋은 말을 할 거면 그냥 달지 말라는 건가요? 단 한 번도 별점 테러를 한 것도 아닌데 말이죠. 아무튼, 다음부터는 달지 않겠습니다."

나는 이 손님이 나쁜 사람이 아니라 항상 솔직하며 착한 마음을 가지고 있는 사람이라는 것을 안다. 열등감이 많은 사람도 아니다. 첫 다툼 때 말이 통하는 사람이라는 것을 알았다. 이 내용을 보면 사실상 내가 비정상에 조금 더 가깝다고 볼 수 있다. 그래서 전보다는 한층 더 성장한 마음으로 답장을 보냈다.

"전혀 그런 의도가 아닙니다. 다만, 아직 그 메뉴의 신규 주문을 못 받고 있습니다. 저희 가게는 리뷰 이벤트가 없어서 사실 손님 리뷰가 아직도 상단에 남아 있습니다. 그렇게 오해를 하게 해드렸다는 것은 제 태도에 문제점이 있다는 생각이 듭니다. 사과드리겠습니다. 죄송합니다. 상인 저마다는 장사 철학이 있습니다. 예민하다고 생각이 드실 수 있겠지만 제가 가게를 관리하는 방법입니다. 초창기보다는 많이 내려놓았습니다. 저는 소비자의 입장이 되기도 하지만 손님은 상인의 입장이 되어보지 못해서 조금은 이해하지 못하실 수도 있습니다. 리뷰 하나의 차이는 정말 크더라고요. 다시 한번 거듭 사과드립니다. 죄송합니다.”

　그랬더니 되레 음식 가격이 싸다고 가격을 올려야 한다며 칭찬과 격려의 말을 해왔다. 솔직히 정말 감동해서 답장을 한 번 더 했다.

　“손님, 코로나 초창기에 제게 주시려고 문 앞에 마스크 붙여 놓으셨죠? 아직도 기억하고 있습니다. 의도와는 달리 손님께 상처를 드렸고 저도 상처를 받았습니다. 그때 많은 것을 깨달았고 반성했습니다. 팔지 않겠다고 했는데도 주문해주신 것에 대해서 정말 감동했고, 죄송했고, 감사했기 때문입니다. 제가 악의적인 태도로 다가간 게 아니라는 것을 꼭 알아주십시오. 항상 행복하세요.”

　　인간은 미숙하게 태어나기 때문에
　　다툼을 경험할 때 사람을 잃고
　　화해를 경험할 때 사람을 얻는다.
　　다툼 이후에는 늦더라도 화해하라.
　　이것이 성장 과정 중 한 부분이다.

생판 모르는 사람과도 다툴 일이 생기지만 보통은 자주 부딪히는 사람, 소중한 사람, 관심이 있는 사람과 다툼이 일어날 확률이 높다. 그래서 감정을 많이 소모하게 된다. 얼마든지 다투어도 좋지만 늦더라도 화해할 수 있어야 한다. 다툼이라는 것이 영양분이라면 화해는 섭취다. 이때 우리는 성장한다.

또 한 가지 말해 두어야 할 것이 있다. 자꾸 어머니와 다투었던 이야기를 예를 들어서 불효자로 생각할 수도 있겠지만 어머니와는 아주 가끔 다툰다는 것과 얼마 전에는 어머니가 좋아하는 프리지어 꽃을 선물했다는 것을 미리 밝혀둔다.

어머니에게 여러 차례 설명을 해드렸는데도 배달 공깃밥 재고 파악 문제로 크게 다툰 적이 있었다. 정말 바빴고 답답한 나머지 제법 언성을 높였었다. 그때 일주일에 두 번 정도 우리 가게에 꾸준히 방문하는 연인 손님이 식사하고 있었는데 그날 이후로 발길을 끊었다. 이처럼 제삼자는 다투는 모습만 보게 된다. 사실상 단면만 볼 수밖에 없게 되고, 이미 속으로는 잘잘못을 따져 놓은 상태가 된다. 그 때문에 다툴 때 제삼자가 있고 적어도 앞으로도 볼 사람이라면 그들에게 인상을 찌푸리게 한 것에 사과하고 상황을 설명하여 이해시키는 것이 좋다. 물론 가장 좋은 것은 제삼자가 없는 곳에서 다투고 화해하는 것이겠지만.

나는 이 점을 알고 있었고 애초에 다툼을 만들지 않기 위해 노력했어야 했는데, 또 다른 60대 단골이 있을 때 비슷한 모습으로 어머니와 다투고 말았다. 그때는 바로 자각을 하고 손님에게 사과했고, 상황을 설명했다. 다행히도 그 손님은 아직도 단골로 남아있다. 그리고 그 손님이 말을 남겼다.

"엄마 살아 있을 때 잘해라. 죽고 나면 땅을 치고 후회해도 소용없다. 우리 엄마 며칠 전에 돌아가신 거 알지?"

억울하게 만들지 마라

골목에 있는 파출소 앞에서 큰 도로로 진입하기 위해 좌회전 신호를 기다리던 중 좌회전 신호로 바뀌었을 때 좌회전을 하려고 하자 큰 도로에서 골목길로 비보호 좌회전을 하던 트럭 운전사와 다툼이 일어난 적이 있다. 나는 좌회전 신호에 좌회전했고, 트럭 운전사는 직진 신호 시 비보호 좌회전을 해야 하는데 정차 신호에 좌회전한 거다. 그때 도로 한복판에서 잠시 대치를 했고 손가락으로 신호등을 가리키면서 말했다.

"선생님, 아직 제 신호입니다. 물러나 주시겠습니까? 선생님은 현재 신호 위반입니다."

그랬더니 갑자기 십 원짜리 욕을 쏟아붓는 게 아닌가? 단언컨대 배달원 조끼를 입고 있어서 무시당한 거다. 아마도 내가 승용차를 타고 똑같은 상황을 대면했다면 트럭은 물러나줬을 거다. 어쨌든 내 잘못이 없는 가운데 욕을 기분 나쁘게 들었으니 사과를 받아야만 했다.

"아저씨, 내가 물러날 테니 골목에 잠시 주차해보세요."

트럭 운전사는 주차했고 끝까지 십 원짜리 욕을 하며 사과를 하지 않았다. 나는 배달 대행업체 사장님께 전화해서 내가 있는 곳으로 기사님 한 분만 보내 달라고 말했고, 배달 가려고 했던 음식을 우선 전달했다. 정말 기분 나빴던 것은 보조석에도 한 사람이 타고 있었는데 두 명이 되레 나를 미친 사람 취급을 했던 거다. 하필이면 파출소 앞이었기 때문에 언성이 높아지자 경찰관 6명이 뛰어나와서 다툼을 말렸다. 그중 소장님으로 보이는 분이 말했다.

"젊은 양반이 참으세요."

"소장님, 저는 제 신호에 좌회전했고, 위법은 트럭이 했습니다. 거기까지는 이해합니다. 다짜고짜 십 원짜리 욕을 들었습니다. 그런데도 젊은 제가 참는 것이 정의입니까? 미안하다는 말 한마디면 모든 게 끝나는 일인데요?"

그리고는 경찰관 6명을 세워놓고 말을 이어나갔다.

"경찰공무원 준비하시면서 배달업에 종사해보신 분 있

으면 거수해보세요."

아무도 손을 들지 않았다.

"제 주변에도 경찰공무원 시험 준비를 적게는 4년에서 많게는 7년 이상 하는 지인들이 있습니다. 그 사람들은 내가 잘 아는데 진정으로 정의로운 사람들입니다. 그들을 경쟁에서 이기고 경찰공무원이 되셨으면 그들의 몫까지 정의로워야 합니다. 제 말이 틀렸습니까? 어떻게 6명 중에 단 한 명도 제 말을 믿어주는 경찰관님이 없습니까? 저는 지금 너무 억울하지만 다툼 이후에 화해하는 성향이기 때문에 제가 먼저 저분께 받아야 할 사과를 되레 제가 할 겁니다. 결국, 제가 먼저 받아야 할 진심이 담긴 사과는 못 받겠지요. 제가 입고 있는 이 조끼 때문입니까? 이 조끼를 입으면 죄송하다는 아주 간단한 사과조차 받기 어려워지는 게 현실입니다. 제가 진상으로 보일 수도 있겠지요. 그렇지만 한 가지만 부탁할게요. 정의라는 것은 사람을 억울하게 만들지 않는 것입니다. 아시겠습니까? 그것을 필드에서 찾아내는 게 여러분이 해야 할 일입니다. 어지간하면 극한직업에 속하는 경찰관님들께 언성을 높이고 싶지 않았는데 솔직히 말씀드려서 대한민국 경찰공무원에게 큰 실망을 했습니다.”

나는 오래전 조용히 길을 걷다가 승합차에서 우르르 내린 형사 5명에게 범인으로 오해를 받아 무차별 폭행을 당한 적도 있다. 아무튼, 진짜 실망했다. 그리고 결국에는 내가 먼저 트럭 운전사에게 사과했다. 어이가 없는 일이다.

배달이 밀려있었기 때문에 우선 가게로 돌아왔고 주문이 잠잠해지자 커피를 한가득 사서 다시 파출소로 향했다. 그리고는 커피를 전해주면서 무례한 말에 대해 사과했다. 그랬더니 여자 경찰관 한 분이 나오더니 말했다.

“저희는 이런 거 받으면 안 됩니다.”

나는 확실하게 숙지했으니 오늘은 받아 달라고 말했다. 대신 아이스크림을 내게 하나 줬다. 그 후로도 우리 가게가 아무래도 동네 맛집이라서 경찰관님들이 가끔 식사하러 가게에 온다.

이 주제가 조금은 논란의 소지가 될 수도 있겠지만, 반드시 짚고 넘어가야 하는 주제다. 내가 가장 싫어하는 것 중의 하나가 ‘사람을 암묵적으로 억울하게 만드는 것이다.’ 개인적으로는 이 점을 암묵적인 죄라고 표현한다.

자신이 갑의 위치에 있든 을의 위치에 있든 아니, 어떠한 위치에 있든 어떠한 순간이든 수평적 관계를 끊임없이 생각하며 타인을 억울하게 만들지 마라. 정의라는 것은 오직 개인으로부터 시작된다는 것을 알라.

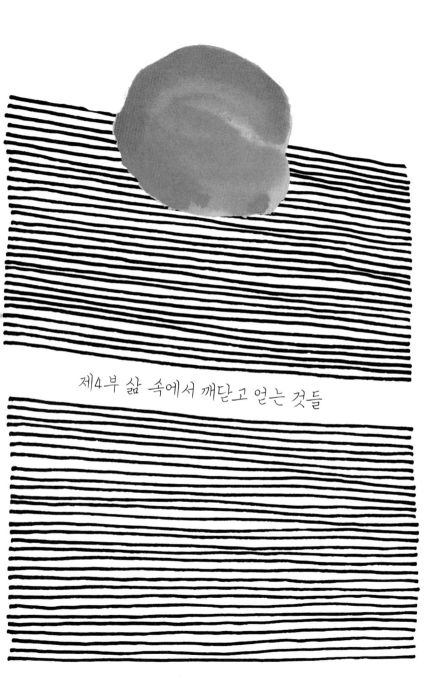

제4부 삶 속에서 깨닫고 얻는 것들

새로운 길을 가려면 시간이 필요하다. 한 시간이 충분할 수도 있고 아니라면 한 달, 일 년, 더 많이 필요할 수도 있다. 우리는 어느새 매일 같은 길을 오가며 그것에서 느껴지는 익숙함과 평온함에 물들어 어느 정도 만족하고 살지 모른다. 조금의 만족조차 없다면 벗어나려는 생각과의 사투를 끝없이 펼치고 있겠지. 원하는 길에 시간을 흘려보내라. 남은 시간이 얼마인지는 알 수 없지만, 잠깐이라도 어떠한 생각에 심장이 뛴다면 고민 없이 조금씩이라도 행복을 느낄 수 있도록 자신을 향한 시선의 방향을 믿고 나서라.

자만은 빨리 자각할수록 좋다

삶의 여정 중에서 몇 번쯤은 비현실적인 거품을 만난다. 그때 그것을 실력이라 믿고 자만하는 시간이 길어지면 나아가지 못하고 방황하며 겉멋의 틀에 고립될 수 있다.

내가 초등학교 6학년쯤 아버지를 따라서 부산 영도에 있는 해양대학교 방파제에 낚시를 따라간 적이 있다. 주말이라 그랬는지 낚시꾼이 약 100명 정도 몰려있었는데 몇 시간 동안 단 아무도 고기를 낚지 못했다.

그때 고기를 낚은 유일한 단 한 사람이 있다. 누구겠는가? 바로 필자다. 당시 천 원쯤 하던 줄 낚시로 손목보다 큰 우럭을 낚았다. 모든 낚시꾼은 부러운 표정으로 나를 쳐다봤었는데, 내가 복이 있어서 낚시를 잘하는 줄 알고 오랜 세월 착각했었던 것 같다.

그 이후로는 성인이 되어서도 낚시를 하러 가면 고기는커녕 마음에 드는 글귀를 더 많이 낚아 오고는 했다. 솔직히 지금까지도 우럭 이야기를 들먹이고 있다. 사실 자만과 거리가 먼 어릴 적 추억을 비유했다. 사실 내가 코로나 이전에 장사가 잘될 것 같다며 들떠 있었던 것도, 주사가 심한 알코올 중독자 진상 손님에게 언성을 높인 것도 자만이다.

코로나 19는 아무리 생각해도 단점만 가득한 바이러스다. 그렇지만 이 위기를 기회로 돌릴 수 있는 사람은 아마도 거품 가득한 자만을 거대한 코로나라는 폭우가 휩쓸 때, 씻겨나가고 남은 자신의 내면을 누구보다 빨리 봤을 거다. 또 누군가는 코로나가 아니었다면 어쩌면 평생 만나지 못했을 수도 있을 거다.

오랜 친구에게도 보이지 말아야 할 것은 자만과 잘난 척이다. 이 모습은 좋아해 줄 사람이 거의 없다. 자만이라는 것은 스스로 자각해야만 겸손해질 수 있다. 이러한 과정을 아는 사람이 되어 그 기간을 빌어 온전히 자신 안에 내면을 알아갈 수 있는 시간을 가진다면 거품이 없이도 태산 같은 사람으로 성장해 있을 거다.

복사기보다는 낙서가 낫다

'가나다라마바사아자…' 그다음은 모른다. 부끄럽지만 사실 알려고 노력하지 않았다. 어릴 적 유치원에서 한글을 배운 이후로 '가나다라마바사아자' 그다음을 궁금해하지 않았다. 글을 읽거나 쓰는 것에 대해서 크게 불편함을 느낀 적이 없기 때문이다.

나는 연필을 손에 쥐는 방법과 한글을 읽는 방법만 알아도 충분하다고 생각한다. 개인적인 생각이지만 남과 비교하고 남을 따라가는 것보다 개인만이 만들어낼 수 있는 독창성을 지향하기 때문이다. 그래서 문득 교육이라는 것은 일종의 모방이라는 생각이 든다. 교과서라든지 학업 능력, 아니 모든 교육은 모방이다. 누가 더 모방을 잘하는지 경쟁하는 거다. '창의력은 모방에서 비롯된다.'라는 말을 어디선가 들었던 것 같다. 이 말은 공감한다.

　그렇지만 요즘 교육 문화를 보면 기계처럼 복사하는 것에 치우치고 있다. 가방끈이 짧은 내가 할 말은 아니지만, 이 점이 너무 안타깝다. 좋은 책들을 읽어보면 대체로 많은 양의 양질의 자료가 인용되어 있는데, A라는 책에도 있는 내용이고 B라는 책에도 있는 내용이다. 본인 머리에서 나온 내용보다 인용한 자료가 더 많은 책도 더러 있다. 나는 그래서 독서광이 아니다. 거만하다기보다는 가능한 한 모방하지 않고 세상에 없을 법한 독창적인 콘텐츠를 만드는 것에 의미를 두기 때문이다.

　故 임지호 요리사님도 독창성을 지향했었다. 나 역시 사업을 시작하면서도 가맹점은 생각조차 해보지 않았다. 내 스스로 가게 이름을 짓고 메뉴를 만들고 방침을 세웠다. 나는 세계 최초로 손님에게 음식을 건네줄 때 포장 봉투에 소독 분무기를 뿌린 배달원이기도 하다. 코로나바이러스가 중국 우한에 있을 때부터 뿌렸으니 제법 오랜 시간이 흘렀음에도 내 마음가짐은 변함이 없다. 자신이 그린 것을 타인이 봤을 때 낙서로 볼지 몰라도 자신이 느끼기에 만족할 수 있다면 낙서광이 돼도 좋다.

능력치는 쉴 때도 성장한다

휴식이 필요한 까닭은 다시 전장으로 돌아가기 전 내 믿음을 확인할 수 있어서다. 우리는 멈추어봐야 알 수 있다. 이 불꽃이 꺼지는지 여전히 활활 타오르는지 말이다.

사실 최선이라는 것은 단거리 달리기다. 하지만 미친 듯이 달리다 보면 지칠 수밖에 없다. 그때 억지로 더 달리면 그냥 포기하게 된다. 좋은 글들을 보면 삶과 분야에 대해서 무리하지 않고 최대한 오래 달릴 수 있는 마라톤이 좋다고 했지만, 개인적으로는 그건 사실 최선이 아니라고 생각한다.

대부분 멈추는 것을 두려워한다. 그래서 만들어낸 핑계일 뿐이다. 경쟁에서 밀려날 것만 같은 압박감 때문일 거다. 배달 앱도 마찬가지다. 쉬고 돌아오면 맛집 랭킹에서 밀려나 있다. 하지만 우리는 각자 달리고 있고, 단독질주를 하고 있다. 굳이 따져보자면 어제 나의 기록과 오늘 나의 기록 그 이상도 그 이하도 아니다.

나는 이 점을 코로나 19 때문에 알았다. 음식점은 3년이면 자리를 잡는다고 했다. 그냥 그런 줄 알았다. 하지만 코로나 시국은 달랐다. 가게를 개점하고 점진적으로 매출을 올리기 위해 큰 노력을 쏟아냈다. 압도적으로 전단을 돌렸고 남들보다 2배가량 일했으며, 쉬는 날도 만들지 않았다. 코로나는 이러한 노력 모두를 물거품으로 만들었다.

손님이 가게에 오지 않는 게 아니라 못 오는 것이었다. 운영시간 제한은 모든 의미를 상실하게 했다. 하루에도 몇 번씩 구청에 가서 폐업신고를 하고 싶었다. 그렇지만 우리 어머니 자존심도 만만치 않기 때문에 무조건 방법을 찾아야 했다. 이 과정에서 끝없이 고뇌했다. 매일 조금씩 나아갈 방법을 연구했고, 결국 나온 결론이 마진율이 거의 없는 배달의 비중을 늘려서 일단은 버티는 것이었다. 마진율은 없어도 매출을 줄여서는 안 되기 때문이다.

누구나 나눠주는 소상공인 1차 지원금 100만 원을 받은 이후로 단 한 차례도 지원금의 대상이 되지 않기 위해 큰 노력을 했다. 지원금의 대상이 되는 순간 망해가고 있는 것이며 코로나에 패배를 인정하는 업주가 되는 거다. 그 돈은 원래 없던 돈이다. 자신이 자영업자라면 최소한의 노력을 했는지 가만히 앉아서 정부를 원망하지는 않았는지를 많이도 말고 한 번 정도는 생각해봐야 한다. 그리고 하루의 매출보다 내가 온 힘을 다했는지를 물었고 의미를 부여했다. 무엇보다 언젠가 가게를 잃고 다른 업종에 몸을 담게 되더라도 내 능력치를 최상으로 끌어 올려놓고 싶어서다.

그러기 위해서는 휴식이 필요했다. 시장 정육점에서 일할 때도 한 달에 1~2회 정도 쉬었었는데, 그때의 나는 주말에는 쉬어야 하고 무조건 휴무일이 있어야 한다는 강박을 가진 사람은 절대 성공할 수 없다고 생각했다. 하지만 내 생각이 틀렸다. 나를 돌아보거나, 주변을 둘러보거나 또 생각할 수 있는 시간과 아무것도 하지 않고 내 방 천장을 고요하게 쳐다보는 시간이 다음 날의 믿음을 가져온다는 것을 얼마 전에 알았기 때문이다.

강한 정신력은 근육과 같아서 열심히 노력한 후에는 여

러 생각과 반성 그리고 만족감처럼 영양분을 채우기 위해 휴식을 해줘야만 성장한다. 그렇게 주 1회 휴무일을 만들었다. 어머니도 상당히 만족하셨고, 몇 년간 밀렸던 볼일도 볼 수 있었다.

과감하게 쉬어라. 만약 너무 할 일이 많을 때면 되레 휴무일 다음 날에 생각해라. 나는 수요일에 쉰다. 그나마 매출이 가장 적은 요일이기 때문이다. 가게 일을 마치면 새벽 2시 정도가 되는데, 집으로 돌아와서 2시간에서 3시간 정도 집필 시간을 가진다. 요즘 들어 드는 생각이 수요일이 없다면 이 원고를 마무리할 수 없다는 거다. 종일 추위나 더위에 고생하고 시간에 쫓기고 지쳐서 집에 돌아왔을 때 양말 벗는 것도 귀찮아 죽겠는데 노트북 전원 버튼을 누른다는 게 체력적으로나 정신적으로 쉬운 일이 아니기 때문이다.

휴무일 전날에는 오히려 집에 들어와서 일찍 자 버리고 남은 6일을 도모한다. 그리고는 머리가 깨질 것 같고 어지러워질 때까지 잠에서 깨어나지 않는다. 말 그대로 좀 쉬어야 하지 않겠는가?

직장을 옮겨도 능력치는 따라온다

SNS로 한창 고민 상담을 진행할 때가 있었다. 독자 중에 한 분이 상담을 걸어왔는데, 세력에 의해서 해고에 가까운 수준으로 오랫동안 일해 왔던 직장을 그만두게 됐다는 내용이었다.

유치원 교사셨는데 오히려 좋은 기회로 여기시라고 위로했던 것 같다. 그동안 못했던 것들, 여행을 간다든지 아니면 아무것도 안 한다든지 이리저리 이력서 넣어 놓고서는 본인 시간을 가지시라고 말했다. 어쩔 수 없이 일을 그만두게 된 독자님은 처음부터 다시 시작하는 게 두려움으로 다가올 수 있겠지만 오랜 경험에서 비롯된 능력치는 어디로 가지 않는다고 말했다.

"저는 예전에 헬스장에서 트레이너로 일할 때 하루에

전단을 무려 500장에서 1,000장 정도를 비가 오나 눈이 오나 태풍이 부나 매일 돌렸었고, 그 방법을 제 사업할 때도 그대로 이용하고 있습니다. 심지어 업종이 달라진다고 하더라도 능력치가 어디로 가는 건 아닙니다. 좀 쉬세요. 쉴 때가 된 겁니다.”

위로보다는 현실적인 내 생각을 말해 드렸고 그 이후로 그 독자는 전국 팔도를 돌아다니며 맛집부터 시작해서 자신을 위한 시간을 가졌다. 그리고는 한 달도 안 돼서 다른 곳에 취직했다는 소식을 전해왔다. 내가 물었다.

“독자님 어떻습니까? 오랫동안 일했었던 전 직장보다 거기가 더 좋죠?”

아니나 다를까 훨씬 좋다고 대답해왔다. 이 독자는 지금도 휴무일을 정말 잘 활용하고 있다. 또한, 앞서 나온 두 권의 저서를 구매해줬고, 지금 이 저서 또한, 구매해 줄 거다. 그리고는 SNS로 메시지를 보내올 거다.

“어머나 작가님, 이거 제 이야기인가요?”

한 곳에 오랫동안 자신을 고립시킨다는 게 모든 것을 그곳에 쏟아냈다고 생각할지 모른다. 사실 이 과정의 그곳은 언제나 자신이었다.

전단을 배포한다는 게 일반인 기준으로 아무나 할 수 있는 일이 아니다. 남들이 꺼리는 직업은 인식적으로 말단의 일이라 생각하기 때문이다. 솔직히 자존심이 상한다거나 아는 사람을 만나게 되면 창피할 수도 있다. 따라서 이러한 직입은 암묵적 선문직이라 볼 수 있다. 길에서 나눠주는 사람들을 봤을 때 쉬워 보여도 휴무일이나 시간 괜찮을 때 딱 1,000장만 아르바이트를 해보라. 생각지도 못했던 수많은 깨달음을 얻게 될 거다. 헬스장에 일할 때 대표님이 말했다.

"주형아, 너는 자꾸 어디를 그렇게 돌아다니는 거냐? 헬스장 좀 지켜라."

아마도 일 안 하고 놀러 다니는 줄 알았을 거다. 그래서 이 말을 수시 때때로 들었다. 그렇지만 나는 이 말을 거역했다. '매출로써 내 능력치를 증명해 보이겠다.'라는 마인드였다. 왜냐하면, 어떤 직장에 가더라도 나 자신을 믿었기 때문이다. 해고한다면 그만둔다는 마음의 준비가 되어 있었고, 그만두는 날까지 전단을 배포했다.

결국 10년 된 헬스장은 최고 매출을 기록했고, 그 헬스장을 그만두고도 전단을 들고 찾아오는 회원이 이어졌다고 한다. 그리고 뒤에 들은 이야기지만 회의 시간 때 대표님이 한마디 했다고 한다.

"왜 이 중에는 주형이처럼 나가서 전단 한 장 배포하려고 하는 놈이 없냐?"

능력치를 쌓는 법

가끔 우스갯소리로 로또 1등 당첨자가 결국 돈을 탕진하거나 오히려 빚더미에 앉게 된다는 이야기를 들어 본 적이 있을 거다. 왜 그런 걸까? 그것은 다름 아니라 돈을 지킬 수 있는 능력이 부족해서다. 자산이 없던 사람이 수억을 손에 쥐었을 때 돈을 다 써버리는 것은 당연한 일이다.

능력치도 마찬가지다. 자신을 지킬 수 있는 자산과 같다는 말이다. 좋은 직장을 그만두고 새로운 일을 시작했을 때 성공하는 사람은 자신의 능력치를 많이 저축해놓았을 거고 그렇지 않고 실패하는 사람은 직장에서 일할 때도 자신이 받은 몸값만큼 제대로 일하지 않았던 사람일 거다.

대기업 생산 공장에 계약직으로 일했을 때 같이 일했던 친구가 있었다. 그 친구가 늘 이런 말을 했다.

"나는 계약 끝나면 무조건 프리랜서를 할 거다. 이런 거 못 해 먹겠다."

그때 들었던 내 생각은 '아, 이 친구 인간 안 되겠구나.' 였다. 왜 이러한 생각을 했느냐면 이 공장에서 가장 힘든 공정에서 일하더라도 그래도 내가 느끼기에는 많은 돈을 벌 수 있었기 때문이다. 어느 회사든 마찬가지겠지만, 계약직 사원을 가장 많이 부려 먹고 곤충 목숨처럼 해고하는 건 당연한 일이 됐다. 이러한 악습을 바꿀 사람이 현재로서는 없다는 게 아쉬움이 남는다. 훗날 내가 국회의원 선거와 대통령 선거에 출마한다면 나를 꼭 찍어 달라.

다시 이어가자면 그래도 나는 그 공장에 다니면서 차도 한 대 샀고, 마지막에는 결국 재계약에서 멀어지기는 했어도 감사한 마음이 남았었다. 몇 년이 지난 지금 그 친구는 어떻게 되었을까? 내 가장 친한 친구 A의 스타트업에 관심을 보였고, 나는 눈에 흙이 들어와도 받아주지 말라고 극구 말렸는데도 A는 그 친구를 받아줬다. 결국에는 모든 자료와 돈을 횡령하고 A를 배신했다. A는 그때 내 말을 들었어야 했다며 딱 한 번 눈물을 보였다. A는 그 친구 때문에 쫄딱 망했지만 긴 시간 방황하지 않고 다시 일어섰고,

횡령한 그 친구는 도망 다니기 바쁘다.

어떠한 순간에도 자신이 만족하지 못하는 이유를 외부에서 찾게 되면 모든 것에 만족할 수 없는 사람이 된다. 그러므로 아무것도 할 수 없는 사람이 되는 거다. 그렇다면 능력치를 어떻게 쌓아야 할까? 그리고 새로운 직장과 분야에 대한 두려움을 어떻게 극복할까?

가장 첫 번째는 미리 걱정하지 않는 거다. 내 친구 중에 자동차 탁송 일을 하던 친구가 있었다. 그 친구는 두려움이 있을 때마다 내게 전화를 한다. 어느 날은 탁송 일을 그만두고 부동산 일에 취직하게 됐다는 소식을 알려왔다. 아무것도 모르는데 걱정이 태산이라며 어떻게 하는 게 좋겠냐고 고민을 털어놨다. 내가 뭐라고 답했을까?

"아무 생각도 하지 마라. 그 업종의 일을 나도 못 해봤고 너도 못 해봤는데, 우리 둘이서 머리를 맞댄다고 나올 결론은 없다. 다만 확신할 수 있는 점은 부딪혀봐야 준비할 게 생겨난다. 처음에는 처음 보는 직장 동료와 서먹할 거고 모르는 게 있으면 또 물어봐야 할 거고 고객을 응대할 수 있을 만큼의 지식을 쌓아야 할 건데 그걸 아직 첫 출근도 안 한 너와 내가 어떻게 알 수 있겠냐?"

　이 친구에게 필요했던 건 조언이 아니라 위로였다. 통화 중에 잠시 고민을 하다가 중고 오토바이를 한 대 사서 울산으로 넘어와 배달 대행 기사로 일했던 이야기를 풀어 줬다.

　"내가 처음에 올라왔을 때는 하필이면 스마트폰 GPS 기능이 고장이 났었는데 전화기를 바꿀 여력이 안 됐고 내비게이션을 쓸 수가 없어서 주변에 큰 마트가 어떤 게 있는지도 모를 정도로 지리를 몰랐었다. 음식을 픽업할 업소를 못 찾는 건 기본이었고, 족발 가게에서 음식을 픽업하고 가게 건너편 스크린 골프장을 못 찾아서 한참을 헤매고 손님과 사장님께 혼쭐나고는 했었지. 진짜 하루하루가 막막하고 두려웠다. 동쪽 끝자락에 있는 손님에게 음식을 전해 줘야 하는데 서쪽 끝자락에 있는 곳으로 가버리기도 했었고 내리막길에 오토바이를 주차해뒀다가 음식을 전해주고 내려와 보니 저 밑으로 굴러가 있기도 했었다. 또 돈가스 가게에서 음식을 픽업했는데 도착지에서 배달통을 열었더니 배달통에 음식이 없어서 다시 가서 픽업해온 적도 있어."

이처럼 업종은 달랐지만 내가 처음에 부딪히며 겪었던 일들을 친구에게 꺼내 놓았다.

"백지장이었던 자신의 상태의 부족함을 깨닫는 것이고 하얀 그 공간을 필요한 학습과 경험으로 채워 넣으며 괴롭고 사소한 경험들이 쌓여서 능력치가 되는 거다."

이 말로 친구를 이해시켰지만 그래도 한소리는 했다.

"미리 두려워하는 그만큼 숙고하며 노력하게 된다. 닥치고 나서 생각한다면 돌이키지 못할 수 있기에 인간에게 없어서는 안 될 이유 있는 감정인 거다. 진짜 지금은 아무것도 모르니까 두려운 거고, 부딪히면서 생긴 두려움들은 반드시 이유가 있을 거다. 그때 그것을 흘려보내지 않고 극복하는 사람이 되면 그만이다."

이렇게 통화는 끝이 났다. 나는 친구와 통화를 할 때면 제법 길게 하는 편이다. 때로는 열변을 토하다가 목이 쉴 때도 있다. 개인의 고민을 타인이 해결해준다는 것은 사실상 어려운 일이다. 하지만 용기 정도는 실어줄 수 있고, 고민을 개인이 극복했을 때 나도 기분이 좋아진다.

그 친구는 2년 정도 부동산 사무실에 몸담았다가 다른

사무실로 옮겼다. 옮기기 전에 한 통의 전화가 걸려왔었고 "뭐 설명할 필요 있나? 말 안 해도 무슨 말인지 알지?"라고 이야기 했더니 "잘 알지."라며 웃음을 보였고, 한 달 뒤 그 달의 계약 왕이 됐다는 카톡을 보내왔다.

나도 분노 조절을 잘 못했다

나는 사춘기 때 분노 조절을 못했다. 고등학교 1학년 때는 자취 생활을 하고 있었던 친누나가 며칠 동안 배가 아프다며 끙끙 앓았던 적이 있다. 흔한 남매처럼 성장기 때붙어 지낸 시간보다 떨어져 지낸 시간이 많았기 때문에 서로 챙겨주고 싶어 했고 크게 싸우는 일도 없이 아껴주려고노력했다.

장미농원을 할 때 내가 논두렁에 박혀서 엉엉 울고 있으면 언제나 원더우먼처럼 나타나 문구점에서 몇백 원 짜리 불량식품을 한 움큼 사 와서 먹여주고는 했다. 아버지의 본가에서 지낼 때 누나는 배드민턴 선수로서 활약하고있었을 때라 아주 가끔 집으로 오고는 했는데 나는 누나가올 때마다 라켓 가방을 뒤졌다. 항상 나 주려고 뭔가 챙겨

오고는 했었기 때문이다. 그 시절 누나 덕에 먹었던 치즈 버거 단품 하나의 맛을 아직도 잊지 못하고 있다.

누나가 다시 돌아갈 때면 누나가 탄 버스가 시야에서 사라질 때까지 쫓아갔다. '가지 말라고, 조금만 더 있다가 가라고, 나도 데려가라며 울었다.' 나중에 알았지만, 누나도 버스 안에서 눈물을 쏟아내고는 했다고 한다. 그렇게 언제나 약한 모습을 절대 보인 적 없던 누나가 아팠던 거다.

그때 아마도 학교 점심시간쯤이었는데 교무실로 가서 담임 선생님께 "친누나가 좀 아프다는데 조퇴 좀 시켜주실 수 있습니까?"라고 공손하게 여쭈었다. 결과는 안 된다고 했고 포기할 수 없어서 조금 더 끈질기게 한 번만 더 여쭈어봤다. 그래도 결과는 같았다. 내 판단은 어떤 행동이었을까? 내 교실로 향했고 내 책가방 하나를 제외하고 모든 것을 박살 냈다. 책걸상은 기본이고 사물함은 말할 것도 없었다. 그리고는 교문을 나섰다. 교문을 나서는데 하필이면 도덕 선생님이었던 학생 주임 선생님과 마주쳤다.

"어디 가는 거냐?"

간결하게 대답했다.

"이 시간 이후로 이 학교 학생 아닙니다. 신경 쓰지 마이소."

"무슨 일이냐? 알겠으니, 무슨 일인지 말이라도 해주고
가라."

"진짜 친누나가 아프다는데 담임 선생님께서 조퇴를 안
시켜준다 아닙니까? 됐습니다. 갈 겁니다."

그래도 설명은 해드렸다. 그랬더니 이렇게 말씀하셨다.

"내가 알아서 해 줄 테니까. 볼일 보고 다시 들어와 징계
위원회도 열지 않을게. 그건 진짜 약속한다."

나는 그 말을 듣고는 그래도 약속했으니 알겠다며 답했
고 이내 돌아섰다. 그리고는 누나에게 죽을 끓여줬다. 편
의점에 파는 통조림 형태의 죽이었지만 정성을 담았다. 어
쨌든 그 약속을 믿고 다음 날 학교로 돌아갔는데 약속과는
달리 징계위원회가 바로 열렸고 나는 대안 학교에서 일주
일이라는 시간을 보내게 됐다.

또 한 번은 같이 복학했었던 가장 친한 친구와 다퉜던
일이다. 학교를 마치고 교문을 나설 때 친구가 장난삼아
내 팔에 주먹을 휘둘렀는데 맞고 나서 생각해보니 장난치
고는 통증이 가라앉지 않았다. 꿍해 있다가 건널목에서 보

행자 신호를 기다리고 있을 때 갑자기 정지선을 조금 튀어나온 버스를 보고 책가방을 던졌다. 그랬더니 내가 꿍해 있던 걸 느끼고 있던 친구도 화가 났는지 내게 화를 냈고 치고받고 싸움이 일어나려고 하자 주변 학생들과 지도를 나온 선생님들까지 달라붙어서 싸움을 말렸다.

그때 나는 힘이 가장 셀 때라 몇십 kg짜리 바위를 들고 던지려고 했을 만큼 분노했었는데, 내가 가장 좋아했던 여선생님께서 나를 말리다가 넘어지시는 것을 보고는 분노를 가라앉혔다. 학교도 같이 다니고 버스도 같이 탔던 내 가장 친한 친구는 다음 정류장에서 버스를 타려고 걸어갔고 나도 한참을 분노를 추스르다가 버스를 탔다.

시간적 터울이 제법 있었다고 생각했는데도 하필이면 다음 정류장에서 친구가 타버린 거다. 평소 같았으면 2인 좌석과 5인 좌석에 같이 앉아서 잡담하며 갔을 텐데 자리가 있는데도 1인 좌석에 앉아서 멀찌감치 떨어져서 갔다. 결국 같은 정류장에 내려야 했기 때문에 머리가 굉장히 복잡해졌다. 그냥 다음 정류장에 내려야 할지 아니면 전 정류장에 내릴지 고민을 하다가 그냥 원래 정류장에 내리기로 했다.

정차할 때가 다 되어가자 우리 둘은 하차 문 앞에 섰다. 삑 하는 소리와 함께 문이 열렸고 친구는 내 어깨에 손을 올리며 말했다.

"미안하다. 친구야."

이 말을 듣고는 나도 사과를 했다.

"내가 더 미안하다."

그렇게 우리는 서로 화해를 했다. 이 친구는 내 가장 친한 친구이기도 했고 어릴 적 우리 사이에서 싸움을 독보적으로 잘하는 친구였다. 그런데도 내가 갑자기 분노하여 팔꿈치로 목덜미를 여러 차례 내려치고는 했을 때도 가만히 맞아주던 참 마음 깊은 친구다.

한 날은 자아 성찰 중에 내 이미지에 대한 의문이 들어서 친구 몇 명에게 내 단점이 뭐냐고 문자로 물었던 적이 있다. 어떤 친구는 단점 같은 건 전혀 없다고 했고, 또 어떤 친구는 온전히 나에 대한 자신의 불만을 털어놓기도 했는데 가장 친한 친구는 네 자를 보내왔다. '분노 조절'

이 문자 내용을 보고는 정말 수많은 생각과 기억에 잠겼던 것 같다. 나에 대해서 가장 잘 아는 사람이 본 나의 단점이 '분노 조절'이라. 이때 나 자신을 온전히 인정했고 그 후로부터 분노 조절을 하는 방법에 대해서 지금까지도 연구하고 있다.

사례가 많아서 미안하지만, 또 한 번은 이 친구와 동네를 거닐고 있었는데 술에 잔뜩 취한 아버지를 길에서 만났고 다짜고짜 따라오라기에 따라갔더니 어느 한 기원으로 데려갔다. 그런데 갑자기 정렬된 바둑판 절반 정도를 엎어버리는 것이었다. 우리는 깜짝 놀라서 말리기만 했고 경찰관이 출동했다. 사실 분명 누가 보더라도 아버지가 잘못했는데 경찰관과 다른 어른들이 우리 아버지를 몰아세우자 갑자기 내가 분노해서 나머지 바둑판을 엎어버렸다. 아마도 내기 바둑에서 패해서 술을 한 잔 기울였다가 잔뜩 취해서 분노가 끓어올랐을 거다. 그 당시 아버지가 아무리 미웠어도 팔은 안으로 굽는다고 나도 화가 나서 전부 다 박살내버렸던 거다.

이날 확실하게 깨달았다. 내가 분노를 조절하지 못했던 사유에 대해서 말이다. 아마도 가정의 폭력성과 어느 정도의 유전적인 영향이 크게 작용했을 거다. 이후에도 밖에 나가서 놀기 싫은데 놀자고 찾아온 친구들이 미워서 유리 창을 격파했다가 유리 사이로 관통된 손을 못 빼서 고민에 빠지게 된 적이 있을 만큼 나는 어디로 튈지 모르는 무아지경의 어린 시절을 보냈다.

그리고 성인이 돼서 분노한 적은 몇 번 없지만, 기억에 남는 사건이 하나 있다. 장사 초창기 재료 준비 시간에 덩치가 크고 인상이 좋지 않은 손님이 가게로 찾아온 적이 있다.

"손님 지금은 재료 준비 시간입니다. 죄송합니다."

나는 상냥하게 돌려보내려고 했다. 이렇게 설명했는데도 그 손님은 자리에 앉더니 개 삐리 씨 삐리 욕을 해대면서 음식을 달라고 강요했다. 장사 초창기이기도 해서 내가 이해하기로 하고 음식을 줬다. 그랬는데 소주를 막 마시더니 욕설은 더 심해졌고 가게 바닥에 침을 막 뱉어대는 게 아닌가? 내가 세상에서 가장 싫어하는 사람이 알코올 중독자고 주사가 심한 사람이다. 호감이 있는 이성이 '우리 이거 마시면 사귀는 거다.'라고 물어올 때도 마시지 않았을 정도다.

솔직히 너무 화가 났지만, 그날은 참았고 손님이 돌아갈 때, 올 때 오더라도 이 시간은 피해서 방문해달라고 설명했다. 그랬는데도 다음 날 또 재료 준비 시간에 찾아와서는 자신이 이 동네 건달이니 뭐니, 신사답지 못한 행동을 보였다. 또 가래침을 바닥에 뱉고 내 심기를 건드렸다. 나는 어머니께 내가 분노하는 모습을 보여주고 싶지 않아서 꾹꾹 눌러 참았고 한 번의 기회를 더 줬다.

그리고 그다음 날 가게 마감을 하고 퇴근을 하려는데 그 손님이 찾아왔다.

"손님 지금은 영업이 종료되었습니다. 죄송합니다."

좋게 설명했다. 그런데도 자리에 앉더니 욕설을 또 퍼붓고 바닥에 가래침을 뱉었다.

"닥쳐라. 개XX야! 국밥하고 소주 가져 온나."

오랜 시간 잘 지켜오던 내 화산 분화구에서 용암이 대폭발했다. 그 손님 옆으로 주류회사에서 나눠주는 플라스틱 물통을 던져 터트려버렸다.

"나온나. 오늘 죽자. 개자식아. 오늘 마, 진짜로 함 죽어 보자."

호통을 치며 족히 100kg은 넘어 보였던 그 손님의 허리

띠를 잡고 들어 올려 바닥으로 내던졌다. 일어나면 또 들어 올려 던졌고, 가게 문으로 던져서 문밖으로 퉁겨져 날아갔다. 일어나자 또 던졌다.

"어이, 삼촌아. 3번의 기회를 줬는데도 몰라 처먹으면 그게 인간 새끼가?"

그러자 그 손님은 살려달라며 빌었다. 나는 그 말을 듣고 말했다.

"살려주기는 뭘 살려줘? 살고 싶으면 다시는 이 골목으로 다니지 마라. 알겠나?"

누군가 신고를 했는지 경찰관이 왔는데, 그 손님에게 이렇게 이야기했다.

"아저씨 여기서 또 왜 이러십니까? 제발 좀 조용히 좀 지냅시다."

경찰은 그 손님만 달랑 연행해갔다. 그 후로 그 손님을 배달 중에 길에서 딱 한 번 마주쳤었는데 경직된 모습을 보였고 그 뒤로는 자취를 감췄다.

분노 조절에 성공하는 법

그렇다면 분노 조절 못하는 것을 어떻게 극복해야 할까? 내가 정신과 의사만큼의 지식이 있는 사람은 아니지만, 다음 저서로 분노 조절에 관련된 자기계발서를 집필하려고도 했었다. 이처럼 실전을 통한 경험을 간략하게 이론화해 본다는 것과 상태가 너무 심하면 병원에 방문해서 치료를 받는 게 가장 이롭고 약물치료과정도 잘 되어있다는 것을 미리 알린다.

우선 가장 먼저 멀쩡한 평상시에 평정심이 유지되고 있을 때 분노했던 순간을 잊으려고 하지 말고 되레 기억하려고 노력하고 자신을 인정해야 한다. '내가 분노를 참지 못하는 사람이구나. 폭력적인 사람이구나. 타인에게 상처를 주는 사람이구나.' 등처럼 온전히 자신을 인정하는 거다. 그래야만 이것이 잘못됐다는 것을 알 수 있다. 외적이나 상황 또는 타인에 의해서 분노했었다고 생각해버리면 분노 조절을 끝내 할 수 없다. 순간적인 분노의 원인은 자신에게 있고 일방적이기 때문이다.

이 점을 이해했다면 분노했던 자신의 모습이 어떤 모습일지 떠올려봐야 한다. 자신의 모습을 알게 되면 분노할 때 '아, 이쯤에서 내가 폭발하는구나.' 같은 생각처럼 자신을 자각할 수 있는 예방 능력이 만들어진다. 그때 자리를 피한다든지 달리기를 한다든지 계단을 뛰어오른다든지 태양이나 달을 찾는 것처럼 그 상황과 멀어져야 한다. 그리고 지인과 다툼이 생겨날 것 같을 때는 최소 1시간 이상 스마트폰 전원을 꺼야 한다. 엄지로 지워지지 않을 상처를 남길 수 있기 때문이다. 이 방법은 저마다 개인적인 루틴으로 보강하면 된다.

나는 군대에 입대하고 계급이 낮은 이등병 시절 부당한 일이 있을 때 스테인리스 컵을 몰래 하나 가지고 나와서 아무도 없는 공간에서 분노가 가라앉을 때까지 던지고는 했다.

분노 이후에 일어났던 일에 대해서 후회를 하고 반성을 하거나 타인이 느꼈을 상처에 대해서 사과하면 치유가 되리라 생각할 수도 있다. 이것은 당연한 일이며 반성과 후회일 뿐이지 자신의 분노 조절 능력을 고치는 것이 아니다. 그래서 원인을 찾지 못하고 반복적으로 폭발하게 되는 거다. 지금까지 말했던 것은 매우 기본적인 것으로, 이 치유 과정에서 내가 가장 중요시하는 것은 다름 아닌 '책임감'이다. 나 자신을, 내 미래를, 소중한 사람을 지킨다는 책임감, 또 직장 생활이라든지 내가 맡은 일에 대한 책임감 같은 것 말이다. 여기에 제대로 중점을 두고 지금까지 살아온 삶과는 별개로 그것에 몰두해야 한다.

배달하러 가는 길에 4인용 포터 트럭 창문 4개에서 마치 게임에서 유도 미사일이 발사되는 것처럼 담배꽁초 네 개비가 뒤따라가던 내게 날아와서 정통으로 맞았던 적이 있다. 내가 아무리 분노 조절에 대하여 노력하고 연구하고 있는 사람이라 하더라도 한 개비면 모를까 네 개비가 날아오는데 참을 수가 없었다. 그렇지만 책임감을 생각했다. '여기서 시간을 빼앗기면 음식은 식고 나머지 남은 배달은 더 밀리게 된다.' 그래도 사과는 받아야 했다.

마침 신호가 걸려서 그 차량 옆으로 가서 문을 똑똑 두드렸다. 창문이 열리자 내 몸 이곳저곳을 가리키며 말했다.

"저기요. 다름이 아니라 방금 담배꽁초 4개비를 속수무책으로 맞았는데요. 조금 조심 좀 합시다."

"허허허, 알았다. 가봐라."

아니, '미안합니다. 죄송합니다.' 도 아니고 웃으면서 '알았다. 가봐라.'는 좀 아니지 않은가? 그래서 한마디 했다.

"아니, 저기요. 사과해야죠. 잠깐 세워보세요. 전부 사과하고 가세요."

이렇게 말했더니 4명이 우르르 내려서 다짜고짜 욕설과 함께 그중 한 명이 내 멱살을 잡았는데 약 1분 넘는 시간 동안 잡고 나를 흔들었다. 너무 억울한 일이지 않은가? 나는 봐줄 수 없다는 생각이 들어서 현장에서 경찰에 신고했다. 하필 머리 위에 방범 카메라가 있었고 '담배꽁초 네 개비에 멱살 1분이라.' 제대로 혼내주고 싶었다.

"경찰 불렀으니까 좀 기다리세요."

전부 얼음이 됐다. 말을 이어나갔다. 존대도 하지 않았다.

"사람 만만해 보일 수도 있는데 나는 책임감이 있는 사람이야. 내가 만약 책임감이 없을 때 이런 일이 있었다면 당신들은 전부 다 트럭 짐칸에 실렸을 거야. 위에 카메라 보여? 당신들 꼼짝없이 특수폭행이야. 절대 합의 안 할 거야."

그랬더니 진심 어린 사과를 받을 수 있었다. 그리고는 경찰에 전화를 걸어 신고를 취하했다. 왜냐하면, 음식은 식어가고 있었고, 배달 주문이 무려 7건이나 밀려 있었기 때문에 더 시간을 끌 수 없었다. 내 손님과 배달 약속 예정 시간을 어길 수 없다는 책임감이 내 분노를 다스려줬던 결정적인 힘이 됐던 거다.

이날 이후 또 담배꽁초를 맞은 적이 있었다. 그냥 지나갈까 하다가 그날에 내가 과민 반응을 했는지 궁금증을 품고 똑같이 문을 두드렸고 문이 열리자 말했다.

"담배꽁초를 맞았는데 조금 조심 좀 합시다."

그 운전자는 죄송하다며 거의 가게까지 쫓아와서 사과했다. '대인은 소인배와 말을 섞을 필요가 없으며 인간은 인간하고만 대화해야 한다.'라는 또 하나의 교훈을 얻을 수 있었다. 인간의 탈을 쓴 짐승이라면 굳이 내가 감정 소모를 할 필요 자체가 없다는 말이다. 따라서 분노할 일도 없다.

끝이 조금이나마 보이고는 있지만, 코로나 19 바이러스 때문인지 요즘 예민함에서 오는 분노가 많을 거로 생각한다. 그냥 넘어갈 수 있는 일도 다투게 되고 신경질을 부리게 된다. 온전히 나를 위해서 내가 배려하고 이해하려는 마음가짐을 가지면 크게 분노할 일이 없다. 그리고 기상 직후 2시간 이내라면 의도적으로라도 타인을 아껴줬으면 좋겠다. 안 그래도 예민한데 온종일 기분이 나빠 있을 수는 없지 않은가?

여행의 의미

코로나 19 바이러스가 세상을 뒤덮기 전 50대 단골이 했던 말이 기억난다. 그 손님은 소주 3병이 기본인데 몇 병을 마셔도 흔들림이 없는 사람이었다. 주사가 없었기 때문에 그 손님을 잘 따랐었다. 그리고 나이가 좀 있는 것치고는 상당히 세련됐었다.

"아무것도 몰라도 그냥 비행기 표를 예약해서 당일치기로 여행을 떠나라. 겁내지 말고 그냥 다른 나라를 둘러보는 것만으로도 문화적 충격을 느낄 수 있는데, 낮에는 어떤 일이 벌어지고 밤에는 또 어떤 일이 벌어지는지 구경만하고 돌아와도 많은 깨달음을 얻을 수 있다."

이 말을 듣고는 당장에라도 떠나보고 싶었다. 솔직히 말하자면 비행기를 군대에서 강하 훈련할 때 이후로는 단 한 번도 타보지 못했기 때문에 여권도 만들고 일 년에 한두 번이라도 다녀와 볼 계획을 세웠다. 마음은 굴뚝같았다. 그렇지만 장사라는 게 하루 이틀 쉬어버리면 그달이 휘청 거리기 때문에 쉽지 않았다. 헬스장에서 일할 때 대표님이 명절 연휴에 나와서 보수공사를 시켰었는데 그때는 미친 사람인가 싶었었다. 자영업을 해보고 나서야 조금은 이해 를 했다. 코로나가 없었다고 해도 어쩌면 도전해볼 수 있 었을지 의문이 든다.

이 말을 듣지 않았다면 평생 신경 쓰지 않고 살았을 텐 데 여행에 대한 결핍이 조금은 생겨버렸다. 나도 이런 마 음이 드는데 평소에 여행을 자주 다녔던 사람들은 얼마나 공허할까? 그리고 여행사를 운영하는 자영업자는 얼마나 고통스러울까? 매출이 평균 95%가 감소했다는데 같은 자 영업자로서 마음이 편하지 않다. 과연 우리는 언제쯤 코로 나 시국을 완전하게 빠져나갈 수 있을까?

코로나 19 바이러스 초창기에 SNS 메시지로 여행에 관 한 내용을 주로 다루는 작가님이 고민 상담을 걸어온 적이 있다.

"몇 번 다녀온 적 있는 이탈리아를 다시 몇 달간 여행하면서 책을 한 권 집필하려고 했는데, 사실상 못하게 됐어요. 코로나가 언제 종식될지도 모르는데 마냥 기다리기만 하는 것도 속상하네요."

이 말을 듣고는 이렇게 답했다.

"잠시만요, 다녀온 적이 있으세요? 그러면 현재 가지고 있는 기억과 자료로 이탈리아 여행 가이드북을 만들어보는 게 어떨까요? 지금은 여행을 간다는 게 절차도 까다롭고 거의 불가능에 가까워서 작가님처럼 여행을 못 가고 있거나 기회를 기다리고 있는 사람들에게 대리만족도 할 겸 가이드북을 집필해보는 거예요. 어떠세요?"

여행의 경험이 많은 작가들이 쓴 책을 보고 느꼈던 내 생각이었다. 나와는 달리 글에서 부드러움과 여유가 느껴졌고 현지인들과의 에피소드 같은 것들이 나를 설레게 했고 간접적으로 경험할 수 있게 했었다. 요즘은 그 작가님과 소통이 잘 안 돼서 책을 냈는지 집필 중인지 아니면 그냥 시간을 흘려보냈는지 잘 모르겠다. 그래도 가지고 있는 기억과 자료로 추억 여행을 다녀왔기를 바라는 마음이다.

초등학교 6학년 때 수학여행도 못 다녀온 내가 여행에 관해 이야기한다는 게 웃긴 일이기는 하지만, 여행 결핍을 해소하는 방법에 대해 생각해 보자. 조심스레 내 이야기를 이어 나가면, 어느 날인가는 무슨 산골짜기에서 배달 주문이 들어왔다. 지도를 확인해보고는 이곳에 사는 사람이 있을지 의문이 들었고 장난 주문이 아닐는지 의심했었다. 그래도 일단은 지도를 따라 목적지까지 가봤다. 가봤더니 무슨 '도심 안에 시골이 숨어있다.'라는 표현이 걸맞게 신기한 공간이 펼쳐졌다.

큰 개 울음소리가 울려 퍼졌고 목적지로 조금 더 가는 동안에는 그곳과 어울리지 않는 마치 '찰리의 초콜릿 공장' 같은 대형 카페를 발견했다. '오, 돌아가는 길에 아이스 아메리카노 한 잔 사 먹어봐야겠다.'라는 생각을 했었고 목적지에는 진짜 사람이 살고 있었다.

음식을 전해주고는 배달 앱을 30분 정도 임시 중단했다. 그냥 단순히 이곳에 조금 더 머물고 싶어서였다. 그 카페에 들러 커피를 포장 주문했고 커피가 준비되는 시간 동안 궁금증을 해결하고자 이곳저곳 둘러봤다. 카페가 아주 예쁘고 감성적이라서 만족스러운 순간을 보냈다. 그때 '와,

내가 낯선 이곳에 여행을 온 게 아닌가?'하는 생각이 들었다. 내 고향이 울산이 아니라서 이곳을 몰랐을 수도 있겠지만 정말 뜻밖의 선물처럼 다가왔다.

그 후로도 그곳에 종종 들렀다. 커피만 포장 주문해 나와서 촌길과 논두렁의 경계가 되는 투박한 시멘트 보도블록에 앉아서 스마트폰을 꺼내 글을 쓰고는 했다. 밤에 갔을 때는 캄캄한 암흑과 귀뚜라미 울음소리만 가득했다. 비가 내릴 때면 어차피 나는 우의를 입고 있었으므로 그곳에서 비의 감성을 느끼고는 했다.

칙칙한 삶에 정말 큰 깨달음이 아닐 수 없었다. '아, 그냥 옆 동네를 가더라도 여행이 될 수 있겠구나.' 즉, 일상을 여행하는 거다. 정말 우물 안이라고 느껴왔던 익숙한 곳에서도 생각의 관점을 바꾸는 것만으로 보지 못했던 것을 발견할 수 있다. 즉 여행이 될 수 있다는 말이다. 일종의 자기합리화지만 잠들어가던 엔도르핀을 충분히 자극할 수 있을 거다.

거리가 먼 다른 지역이나 국외가 아니면 안 된다는 고정관념을 버리고 일상 여행을 가까운 곳부터 떠나보자. 그

때부터 휴무일이면 거리가 가까운 촌 동네를 찾아서 여행하는 취미가 생겼다. 중식 맛집을 찾기도 했고 커피를 파는 카페에서 돈가스를 팔길래 먹어봤더니 그 역시 돈가스 맛집이기도 했다. 더군다나 오가는 시간의 부담을 줄일 수 있다는 게 가장 큰 장점이 되기도 했다.

이 책을 손에 들고 표지가 잘 보이게 해서 옆 동네로 떠나자. 그게 힐링이다.

불안감을 해결하려면

내게도 불안감이 밀려올 때가 있다. 배달 주문이 들어왔을 때 요청 사항에 남긴 손님의 말투라든지 아니면 음식을 전해줄 때 손님의 표정이라든지, 혹여나 악성 리뷰로 이어지지는 않을까 하는 불안감부터 시작해서 연애할 때도 종일 연락이 안 되면 아니나 다를까 다음 날 이별 통보를 하는 매번 같은 레퍼토리의 그녀에게서도 불안감을 느꼈었다. 또 가족이 아프거나 꿈자리가 좋지 않을 때도 마찬가지였다. 이처럼 이유는 너무 많다.

원고를 집필할 때도 물론 불안감이 있다. 예민해지거나 밥맛이 없어지고 원고 집필 시간을 제외한 다른 시간을 제대로 활용하지 못한다. 중간에 포기하고 싶어질 때도 있고 내 지식과 수준에 대해서 의문을 품게 될 때도 있다. 이 모든 게 더 좋은 책을 만들고 싶은 욕망에서 비롯된 거다. 이럴 때는 조금 더 오랜 시간을 투자해서 조금씩 꾸준히 써나가면 된다. 나는 이 방법을 저서 두 권을 출판하고 나서야 깨달았다. 불안감의 원인은 어떠한 일을 앞두고 준비가되어있지 않았을 때, 말실수했을 때, 타인을 의식할 때, 무언가 의심스러울 때, 기분이 안 좋을 때 등처럼 원인은 끝도 없이 많다. 이 중에서도 가장 불안하게 하는 이유가 있다면 '불안한 원인을 모를 때'다.

불안감의 지속은 원인을 찾아내지 못해서일 확률이 높다. 그래서 머릿속으로만 찾으려고 애쓰게 된다. 그러다 보면 끊임없이 부정의 꼬리를 물게 되고 필요 이상의 생각들까지 곱게 된다. 주로 생각이 많고 내성적인 사람들이 가지고 있는 마음의 고질병인 거다. 이처럼 머릿속으로만 찾게 되면 정리되지 않기 때문에 불안감이 더욱 증폭된다.

이럴 때는 마인드맵을 응용한 불안감 찾기 법을 추천한다. 메모장을 꺼내서 불안할 만한 이유를 빠짐없이 적는다. 분위기 좋은 카페에 가도 좋고 공기 좋은 공원에 가도좋다. 그게 아니더라도 조용한 자신의 방에서 약간의 이명과 함께해도 문제 될 것이 없다. 어쨌든 이 순간만큼은 자신에게 매우 솔직해져야 한다. 적게는 세 가지에서 많게는 수십 가지까지 아무리 생각해도 나오지 않을 만큼 적어 놓고, 첫 번째 이유부터 글자 바로 밑 공간에 내가 할 수 있는 해결책을 적어 보는 거다. 적다 보면 막히는 불안감의 이유를 만난다. 그것이 문제였던 거다.

해결책을 적어내지 못하겠다면 우선은 다음 불안감의 이유로 넘어간다. 정리할 때 가벼운 것들은 빨리빨리 처리하는 것이 좋다. 그리고는 최종적으로 해결책을 적어내지 못한 불안감의 이유를 추려내서 새로운 메모장에 적는다. 이 숙주를 해결해야만 평정심이 돌아오기 때문에 메모장을 찢어서 들고 다녀도 좋고 스마트폰 카메라를 이용해서 사진을 찍어두고 불안감의 숙주를 해결하기 위한 해결책만 생각하는 거다. 불안감에 지속해서 시달리는 것과 해결책을 지속해서 찾는 것은 결과 면에서 큰 차이를 나타낸다.

치아가 아프면 신경치료를 하든 뽑아내 버리든 통증을 없애야 하지 않겠는가? 이처럼 결국 모든 해결책은 자신 안에 있기 때문에 아마도 찾는데 오랜 시간이 걸리지는 않을 거다. 며칠 정도면 현실적인 해결책이 나온다. 원인 모를 불안감은 정신 건강에 무조건 해롭다. 마인드맵은 사실 긍정의 꼬리를 물 때 자주 쓰이지만 사실 모든 것에 응용할 수 있다. 이 방법은 처음에는 메모장의 힘을 빌려야 하지만 숙달되면 원리를 알게 됐으니 덧셈 뺄셈을 어느 정도 암산하는 것처럼 머릿속에서도 정리할 수 있게 된다.

다만 게으른 사람은 머릿속으로만 해결을 보고 싶어 하는 심리가 있기 때문에 이 방법 알려줘도 실행하지 않는다. 실제로 불안감을 호소하는 독자가 고민 상담을 걸어왔을 때 이 방법을 알려줬었다. 시도했던 독자는 예상보다 빠른 해결 속도를 보였고 시도조차 하지 않았던 독자는 여전히 오랜 시간 불안감에 시달리며 외적인 것만 찾고 남 탓만 하며 살고 있다.

왜 책을 보는가? 왜 유튜브를 보는가? 깨달음을 얻기 위함이 아닌가. 깨달음을 얻었다면 실행을 해야 한다. 만약 당신에게 원인 모를 불안감이 있다면 이 책의 여백을 빌려줄 테니 마인드맵을 활용해보기 바란다.

버틸 때 알아야 할 것

버티다

처음부터 걸을 수 있는 사람은 없다.

가고 싶은 길이 있다면

버티고 일어서야만 갈 수 있다.

갓난아기도 버티는 방법은 혼자 터득한다.

하고 싶은 일을 시작하든

하기 싫은 일을 시작하든

버티는 것부터가 곧 시작이다.

위 글귀는 첫 번째 저서에 수록되어 있던 것을 인용했
다. 버틴다는 마음가짐을 가졌을 때 조금씩 나아가는 사람이 있고 조금씩 무너지는 사람이 있다. 그 차이는 힘든 그 와중에서도 자기 계발을 하는 사람과 아닌 사람으로 나뉜다는 거다. 조금씩이라도 앞으로 나아가는 사람은 위기를 기회로 만드는 방법을 아는 사람이다.

요즘은 자기 합리화조차도 할 수 없을 만큼 선택지가 없을뿐더러 포기할 수도 없어서 버티고 있는 사람들이 많다. 심하게 말하면 얼마 전까지의 세상은 자신이 조금 부족해도 살아갈 수 있는 세상이었고, 지금은 부족한 만큼 자신을 채워야만 살아갈 수 있는 세상이다.

조금 더 시간이 흐른다면 '운도 실력이다'라는 말 또한, 사라지고 말 것 같다. 우리는 버티면서 나아가야 하므로 자신의 부족함부터 알기 위해 노력해야 한다. 이를테면 장사가 잘되던 맛집이 폐업했을 때, 그 업주는 외적인 문제점을 찾았을 것이고 정작 이유가 자신에게도 있다는 것을 몰랐을 확률이 높다. 처음에 장사가 잘됐던 이유는 운이 좋았을 수도 있고, 음식 맛이 좋아서였을 수도 있다. 하지만 갑자기 코로나 19가 팬데믹이 닥친 것처럼 시대의 흐름을 따라가지 못하게 된 거다.

자기 계발에서 가장 중요한 것은 자신의 부족함을 온전

히 인정하는 거다. 그래야만 채워 넣을 수가 있다. 부족함을 전혀 모르고 인정할 수도 없었기 때문에 아쉽게도 자기 계발에 실패하게 되는 거다. 아니, 시도조차 할 수 없었던 거다. 또 자신의 부족함을 찾아내는 안목이 형성되면 외적인 것도 양·질적으로 더 잘 볼 수가 있다. 한자성어를 잘 모르지만, '수신제가 치국평천하(修身齊家治國平天下)'라는 말도 있지 않은가?

나이가 들 때도 알아야 할 것

보통 정년이 되면 직장에서 은퇴해야 한다. 개인적인 생각이지만 은퇴를 해야 하는 그 이유 중 한 가지를 세 글자로 표현하자면 '불수용'이다. 나이가 드는 동안 자신도 모르게 자기주장이 점진적으로 강해지는 거다. 본인 할 말만 하지 들으려고 하지 않는다. 시대의 흐름을 받아들이지 못하고 자신의 부족함을 채우려고 하지 않은 채 나름대로 열심히 살아온 나머지 자기 계발을 못 했던 거다.

내가 생산직 공장에 있을 때도 퇴직을 앞둔 나이 때의 분들을 보면 맨날 이것저것 시키기만 하거나 무시할 줄만 알지 내 말을 들어주는 사람은 거의 없었다. 그중에서도 대화가 통하는 사람이 없었던 건 아니다. 맨눈으로 봐도 김종국만큼 몸이 좋았던 아저씨 한 분이 계셨는데, 그분은 항상 두 시간 일찍 출근해서 사내 헬스장에서 하루도 빠짐없이 운동을 했다. 말투와 행동거지에서 카리스마를 느낄 수 있었고 세련됐다는 느낌을 받고는 했다. 또 다른 아저씨는 항상 손에 소설도 산문집도 아닌 자기계발서를 들고 다니셨는데, 내가 어깨가 아파서 말없이 어깨를 주무르고 있자 갑자기 먼저 다가와서 파스를 발라주고는 했다. 사람의 마음을 움직일 수 있는 능력이 내공이 된 거다.

우리에게 주어진 공통된 자본인 시간이 흘러갈 동안 자기 계발을 한다는 것은 개인의 능력이자 자신의 몫이기에, 그것을 깨닫고 일찌감치 실천하고 있는 그 소수의 어른 중 한 사람이 되어야겠다고 생각했다.

우리 가게는 배달 서비스를 운영하고 있어서 코로나 운영 제한 시간 이후에도 가게에 불이 켜져 있다. 종종 그 불빛을 보고는 무턱대고 들어와 음식을 달라며 졸라대는 사람 중 80%는 60대 이후의 연령층이었다. 대부분은 먼저 물어본다.

"지금 식사 가능합니까?"

"지금 시각에는 어디서도 식사할 수 없습니다. 죄송합

니다."

어떤 사람은 성질을 낸다.

"그러면 불을 뭐 한다고 켜놓았느냐?"

결국에는 농담 섞인 말투로 대답하고 돌려보낸다.

"저희 어머니는 불을 꺼도 칼질할 수 있지만, 저는 한석봉이 아니라서 불을 켜지 않으면 포장 및 배달을 할 수 없지 않겠습니까?"

알면서도 그러는지 진짜 몰라서 그러는지 코로나 시국 몇 년 동안 도대체 무엇을 했는지 의문이 들 수밖에 없다.

또 단골 중에 부동산 사장님이 있는데, 어느날인가는 손님이 없어서 원고를 집필하려고 남는 테이블 위에 노트북과 공책 같은 것들을 올려뒀었는데, 운영 제한 시간이 시작되기 10분 남겨두고 들어와서 하필 남는 자리 놔두고 그 자리에 털썩 앉아버리는 게 아닌가. 목소리도 또 얼마나 큰지 모른다. 그분이 경영하는 부동산의 직원은 자주 바뀐다. 오지랖일지는 몰라도 어쨌든 우리 가게 단골이라 감사한 마음이 더 크기 때문에 사실 조금 걱정이 되기는 한다.

'이 정도면 됐다.'라는 생각은 성장의 끝을 의미한다. 자신이 느끼고 있다면 그나마 다행이고 주변에서 말하기를 자기주장이 강하다는 말을 들어봤다면 늦지 않았으니 '수용'하는 연습부터 시작해야 한다. 상대방이 말을 할 때 할 말이 없어서 입을 다물 때까지 경청한 후에 대답하고, 무조건 거부할 것이 아니라 '우선은 받아들이고 나서 생각하는 거다.' 아무리 몸에 좋은 영양제라고 소문이 났다고 하더라도 내가 먹었을 때 몸에 안 맞는 게 있고 유명한 영양제가 아닌데도 몸에 맞는 게 있듯 일단은 우선 받아들인 다음에 결정하는 게 좋다.

'자기 계발은 수용이다.' 이 점을 알아야만 나이에 걸맞은 내공을 가진 어른으로 성장할 수 있다.

할 말이 있으면 해야 한다

'항상 말조심해야 한다. 그게 겸손이다.' 이 말을 누구나 속으로 해본 적이 있을 거다. 그런데 자신이라는 육신을 가지고서 타인의 삶을 살 것인지 자신의 삶을 살 것인지를 명확하게 짚고 넘어가야 한다.

아주 오래전 SNS로 한 작가님의 고민 상담을 도와주려다 실패한 적이 있다. 너무 오래돼서 기억은 잘 안 나지만 현대무용과 작가 활동을 병행하고 싶어 했는데 그러다 보니 무용단에 대한 집중력이 떨어지게 됐고, 무용 단장님이 자꾸 자신을 밀어내려고 한다는 내용이었다. 두 가지 일을 모두 포기하지 못하겠다고 할 때면 항상 하는 말이 있다. '두 마리의 토끼를 한 번에 잡는 방법은 사실상 없습니다.

그 때문에 한 마리의 토끼를 먼저 잡은 후에 다음 토끼를 잡아야 합니다.'라는 말이다. 나도 마찬가지고 누구나 마찬가지다. 일단은 중요한 일을 먼저 해야 한다. 그 후에 다음 일을 하는 거다. 왜냐하면, 분야가 다르기 때문이다.

예를 들어 '일반음식점에서 배달 장사도 같이 한번 해보고 싶다.'라면 한 공간에서 이루어지기 때문에 두 마리의 토끼를 같이 잡을 수 있겠지만, 대체적으로는 전혀 다른 분야가 자꾸 생각이 나는 게 인간의 심리다. 내가 두 번째 저서를 집필할 때도 가게 테이블 한자리를 차지하고서는 두 글자 쓰고 서빙 나갔다가 세 글자 쓰고 배달 갔다가 왔다가 했다. 사람 할 짓이 아니었다. 물론 지금도 가게 테이블 한자리를 차지하고 있지만, 그때와는 마음가짐이 확연히 다르다.

'글? 내가 먹고살아야 글이 나오는 것 아니겠는가?'라며 자기 합리화를 수없이 시도한 끝에 결국 성공했다. 나는 이러한 말을 전할 때 조금의 내 사연도 곁들이고 굉장히 조심스럽게 상대방의 기분을 존중하면서 전달한다.

그런데 이 작가님은 자꾸 대화에 집중하지 못했다. 내 메시지를 읽지 않거나 답변이 매우 느렸다. 한곳에 집중을 못 하는 것이었다. 소위 말하는, 붕 떠 있는 느낌을 받게 했다. 몇 번 정도는 이해하다가도 조심스레 물었다.

"혹시, 조금 '이기적이다'라는 말을 종종 들으시나요?"

"나이도 동갑인데 혼자 인생 다 산 것처럼 말하는 게 기분 나쁘네요."

이렇게 답변이 돌아왔다.

"저는 그런 의도가 아니었는데 제가 재수 없다는 뜻으로 들리네요. 그래도 기분 나쁘셨으면 죄송합니다."

나는 소신 발언과 거듭 사과를 했고 그 작가님의 SNS 계정을 차단했다. 차단 또한, 일방적으로 한 것이 아니라 양해를 구했다. 그때 나는 그 작가님이 대화에 집중을 못 하고 있었지만 늦더라도 양질의 상담을 하고자 했던 것이었는데 역효과가 난 거다. 내 마음의 상태가 무방비였는데 생각보다 큰 상처를 받았었다.

말이라는 것은 전달할 때 분명 악의가 없었음에도 상대가 나쁘게 느낀다면 되레 비수를 돌려 맞는다. 기분이 태도가 되어 있다거나 처음부터 내게 악심을 품고 있었을 수도 있다. 이처럼 그 사유는 많다. 비록 침묵의 묵비권보다 강한 권법은 없다지만 말을 던지는 것이야말로 인간관계라는 징검다리에서 디딤돌과 걸림돌을 구분하는 현실적 두드림의 행위가 된다.

상대를 존중하며 할 말은 하되 내 말을 듣고도 떨어져나갈 것을 두려워하지 마라. 어차피 떨어져 나갈 사람은 그날을 위해 당신에게 총알 한 발을 장전해두고 있을 것이다. 곁에 남을 사람은 결국 남는다. 떨어져 나간 사람을 의식할 시간에 남아있는 사람에게 소중함을 느끼고 더 좋은 사람이 되겠다는 노력을 하는 게 나 자신을 위해서도 훨씬 유익하지 않겠는가.

돈을 빌려줘야 할까

예전에 억대의 연봉을 버는 친구에게 300만 원을 빌려 줬다가 그 친구를 잃은 적이 있다. 나는 당연히 두 달 이내에 갚을 줄 알았다. 내 나름의 목돈을 빌려줬는데 10만 원이 모자란 290만 원을 나눠서 받는데 3년이라는 시간이 걸렸었다. 이후로도 돈을 그렇게나 잘 벌면서 끊임없이 돈을 빌려달라고 하자 그 친구와 인연을 끊었다.

돈을 빌릴 것이라면 금융권에서만 빌릴 수 있어야 한다. 만약 금융권에서도 돈이 안 나오면 주변인에게 부탁 자체를 삼가야 한다. 타인에게 피해를 주는 가장 많은 사례는 보통 돈과 관련이 있다. 가끔 거리감이 있는 친구들이 돈을 빌려 달라고 할 때는 잠시 생각해본다. '내가 돈을 빌려

주게 되면 돈과 친구 모두를 잃게 되겠지.' 그리고는 물어본다.

"금융권에서는 돈이 안 나오니?"

"안 나오니까 너한테 부탁하지."

그럴 때 전혀 내 인생과 아무리 생각해도 관련이 없다면 과감하게 거절하고 조금이나마 관련이 있다는 생각이 들면 5만 원에서 30만 원 정도 되는 선에서 도움을 준다. 그냥 밥이라도 사 먹으라는 뜻이다.

"이것이 내가 도와줄 수 있는 최대치다. 다만 너라는 친구를 잃고 싶지 않을 뿐이고 또 빌려달라는 말은 하지 마라. 못 갚을 것 같으면 갚지 마라. 대신에 내 앞에서 주눅이 들지 마라."

이렇게 각인을 시킨다. 말이라도 해놓는 거다. 어차피 안 갚을 친구라면 다시는 연락이 오지 않는다. 그래도 길에서 만나면 인사라도 해야 하지 않겠는가?

설날 연휴에 돈을 빌려 간 친구를 고향에서 만났다. 친구들끼리 모여서 가끔 족구 시합을 하는데 친구도 참석하게 된 거다. 그 친구는 현금으로 정확히 82만 원을 손에 쥐고 있었음에도 내게 빌려 간 30만 원을 갚지 않았다. 그리고는 또 얼마 전 연락해서는 염치없다는 말로 시작해 20만 원을 더 빌려 갔다. 자꾸 이 주제의 글을 수정하게 만드는 친구다. 이처럼 돈이 물려 있으면 받기도 힘들고 더 빌려 줘야 할 상황이 생기기도 하고 복잡해질 수밖에 없다.

돈을 빌리는 사람은 한 번 빌려주면 또 빌려달라고 하게 되어있다. 돈을 빌리는 것도 경험이기 때문에 자주 빌려본 사람은 정말 능수능란한 태도를 보인다. 당신이 열심히 살아온 까닭 안에는 분명 타인에게 피해를 주지 않겠다는 신념이 있을 거다.

이때 단호하게 거절한다고 해서 돈을 빌리려는 사람에게 피해를 주는 게 아니라는 것을 알아야 한다. 물론 되레 돈을 빌리려고 했던 사람이 그것도 못 빌려주느냐며 당신을 욕할 수도 있다. 그런 사람에게 돈을 빌려줬다면 결과가 어땠을까? 항상 강조하지만, 열심히 살면 돈을 빌리게 될 일이 발생하지 않는다. 그래도 돈을 빌려줘야 하겠다면 신용점수가 몇 점인지부터 물어봐라.

성장이 멈추는 때

명절이 되면 울산에 있는 가게를 닫고 부산에 있는 본가로 가는데 겨울철인 설날에는 가기가 싫어진다. 집이 너무 추워서 발이 시렵기 때문이다. 얼마 전에 투정하고 있는 나이 서른의 내 모습을 자각했다. 어린 시절에 보일러 한 번 안 쓰고 십 년이 넘는 시간을 보냈으면서도 그 강한 정신을 잃어버린 거다.

아버지는 아직도 변함없는 생활을 하고 계신다. 대단한 건지 미련한 건지 솔직히 잘 모르겠다. 다시 울산으로 돌아갈 때는 아버지께 어머니 몰래 용돈을 드리고는 하는데 그래도 마음이 편하지가 않다. 어린 날의 나는 라면 한 봉지로 하루를 버틸 수 있었지만, 지금은 그럴 수 없다. 또 한겨울에 찬물로 샤워할 수 있었지만, 지금은 그럴 수 없다.

물론 힘든 시절이 있었기 때문에 지금의 내가 있겠지만 달리 생각하면 그때보다 성장이 더뎌진 거다. 편한 것만 찾게 되고 익숙해진 것에 평온함을 느끼고 있으니 말이다.

"인간의 고생은 자갈의 부딪힘이며 사포질이다. 고생한 만큼 닳고 갈려서 빈틈없이 반들반들 빛을 낸다."는 말을 한 적이 있다. 그렇지만 고생을 멈추면 또다시 반들거림과 빛을 잃은 자갈이 된다. 성장이라는 것은 꾸준히 고생해야만 멈추지 않고 이루어진다. 다시 말해서 내가 지금 힘들면 성장하고 있는 것이고 평온하면 성장이 멈춘 거다.

그렇다고 평온한 사람에게 경각심을 심어주려는 의도가 아니라 힘들어하는 사람에게 위로해주고 싶은 의도다. 실제로 투잡 쓰리잡을 하는 사람은 '잠은 죽어서 잔다.'라는 생각을 하고 산다. 전 야구선수 박정태도 어릴 적부터 그렇게 가난했었지만 미친 듯이 훈련했고 무조건 아웃이 될 주루 상황에서도 슬라이딩할 만큼 완급조절 없이 매 순간 100% 전력을 기울였다고 한다.

이처럼 성장은 몸이 여러 개였으면 하고 바랄 만큼 바삐 움직여야 하며 극복했든 극복하지 못했든 오롯이 불가능을 만나는 것에 있다.

평온함이 장시간 이어지면 사실상 성장이 멈춘 거다. 그래서 고생하는 당신에게 정말 잘하고 있다는 칭찬을 꼭 하고 싶다. 그리고 조금 더 고생해도 된다. 타인과 자신을 비교하지 않는 사람은 다름 아닌 그럴 시간이 없어서다.

존중과 근거

　SNS에 글귀를 하나 올려도 반응이 좋은 콘텐츠에는 꼭 반대되는 성향이 있는 독자들이 댓글을 남긴다. 반대되는 의견을 가졌던 어떤 독자는 '개소리다.'라는 댓글을 남겼는데 어떤 사람인지 궁금해서 피드를 찾아보았다. 그 독자는 어떠한 분야에서 석사과정을 준비하고 있었고, 심지어 내다른 글귀가 본인 피드에 올려져 있었다. 그래서 이렇게 댓글을 달았다.

　"안녕하세요. 이 글귀는 개소리고요. 선생님 피드에 있는 제 글귀는 무슨 소리일까요?"

　그랬더니 다짜고짜 존중의 태도를 보이지 않고 본인 주장만을 강요했다. 나는 어떻게 대처했을까? 즉각 차단했다. 이유는 하나다. 대화할 수 없기 때문이다. 반면 반대되는 의견을 가지고 댓글을 달거나 직접 메시지를 보내오더라도 존중하는 태도와 근거를 보이는 사람이라면 그 내용을 수용했을 때 정말 도움이 많이 됐다. 그때마다 고마운 마음을 표하고는 했다.

"공감을 드리지 못해서 죄송합니다. 선생님 말씀이 저에게 정말 큰 도움이 됐습니다. 감사합니다."

자신의 기분만 내세우며 강요하듯 다가오는 사람은 정말 죽자고 달려든다. 죄송하다고 사과를 해도 듣지도 않는다. 나는 반대되는 성향의 사람을 만나더라도 대화가 통하면 되레 시너지 효과가 발생한다고 알고 있다. 따라서 이런 일이 빈번하게 발생하기 때문에 우리는 정신 건강을 위해서 구분하고 단정 지을 필요가 있다.

'나와 반대되는 사람을 만났더라도 정상인은 존중과 근거로 다가오고 비정상인은 기분과 강요로 다가온다. 이 점을 알아야 귀를 열어야 할 때와 닫아야 할 때를 분간할 수 있다.'

사람을 판단해서는 안 되지만 가만히 있는 내게 돌을 던지는 사람이 있다면 그 사람이 없는 곳으로 피해야 한다는 거다. 그것은 내 감정에 상처를 남기지 않고 불필요한 다툼을 피하기 위한 '방어적 무시'다. 여러 차례 던진 돌을 맞고 있다가 자칫 나도 똑같이 단 하나의 돌을 던졌는데 죽자고 달려드는 사람한테 걸리면 피해자 코스프레부터 시작해서 인생이 꼬이고 피곤해질 수가 있다. 따라서 기분과 근거도, 존중과 강요도 안 된다. '대화할 수 없으니' 처음부터 이 두 박자를 먼저 확인할 수 있어야 한다. '오롯이 존중과 근거다.'

감사합니다

지금껏 각기 다른 이름으로 대략 2,000명 정도 되는 이름 시를 쓰고는 했다. 그러면서 500명 정도는 내 저서를 사주지 않을까? 하는 착각을 했던 적도 있다. 이것이 착각이라는 사실은 오래전에 깨달았고, 지금은 단순히 가끔 SNS에서 재능기부를 하고 있다. 하지만 사연이 있거나 어려운 이름은 한 시간이나 되는 시간을 녹여내기도 했다.

용기 내서 만들어달라는 독자에게는 어지간해서 거절하지 않고 조금이나마 위로를 해주고 싶은 마음에 밤을 새워서라도 써줬었다. 그렇지만 요즘에는 잘 안 한다. 왜냐하면, 10명 중 3명은 감사하다는 말 한마디조차 없기 때문이다. 내용이 마음에 들지 않더라도 이름 시를 보내주고 나면 '좋아요'라도 하나 보내주는 게 예의 아닌가. 감사할 줄 모르는 사람이 이기적인 이유는 모든 타인의 노고를 전혀 알아채지 못해서다. 결과나 완성된 것만 알지 과정에는 관심이 없다. 소심하게 보일 수도 있겠지만, 이 점이 속상했던 거다. 그래서 내게 감사하다고 말하는 사람에게는 꼭하는 말이 있다.

"감사하다고 말씀해 주셔서 제가 더 감사합니다."

감사한 마음은 내가 갑일 때도 또 을일 때도 가질 수 있어야 한다. 이를테면 식당에 가서 내 돈을 내고 음식을 사먹을 때도 음식을 만든 사람의 정성을 생각할 수 있어야하고, 가격이 비싼 전자제품을 구매하더라도 공장에서 쾌쾌한 공기를 마시며 건강을 녹여낸 생산직 사원의 노고를생각할 수 있어야 한다. 또 감사해야 할 일을 당연하다고생각하는 사람이 있다는 것을 알아야 한다. 그래야만 감사함을 모르는 사람에게 속상함을 느끼지 않을 수 있다.

감사함을 아는 사람과 당연함만을 아는 사람은 분명 이기심에서 차이가 있다. 그렇지만 꿋꿋이 전자가 되려고 노력하면 내 주변 사람들도 그런 사람으로 변화하는 것을 느낄 수 있다. 아이러니하게 당연함만을 아는 사람이라 하더라도 감사함을 아는 사람을 알아본다. 따라서 나쁜 것이 없다. 이점은 살아가면서 언제가 한 번 이상은 결정적인 '이점'이 되어 줄 거다.

나무의 뿌리

요즘 어머니가 얼굴이 왜 그 모양 그 꼴이냐는 말을 자주 하신다. 나는 마음이 불편하면 얼굴에 표시가 난다. 그래서 마인드맵을 응용해서 확인해봤다. 두 가지였다.

한 가지는 코로나 시국에 힘들어진 장사였다. 솔직히 너무 힘들다. 정말 언제까지 버티면 된다는 기한이 있는 것도 아니고, 버티는 것이 되레 언젠가 더 큰 손해로 다가오지 않을까 하는 부정의 감정에 휩싸이기도 한다. 우리 동네에 치킨 가게인데 국밥을 팩으로 받아와서 데워 나가는 방식의 샵 인 샵이 몇 군데나 생겼다. 그리고 손님도 정말 줄었다. 술에 잔뜩 취해서 행패를 부리던 진상 손님이 그리울 수준이다.

다른 한 가지는 글에 대한 자신감이다. 처음 제안을 해왔던 출판사와 협업을 할 때 더 좋은 책을 만들려는 의도로 말한 것이겠지만 내 글이 '일기에 불과하다'라는 말과 감히 '70점 정도다'라는 말을 들었기 때문이다. 물론 그 사실을 겸손하게 받아들였고, 못해도 90점 정도라도 만들어 보고 싶었지만, 그 출판사가 원하는 글을 도저히 써낼 수 없었다. 이 부분에서 자신감이 급락했던 거다. 그 출판사의 담당자는 나를 발견해줬고 정말 좋은 사람이었고 열정적이었기에, 그래서 조금의 아쉬움과 미안함이 남는다.

코로나 19는 나 스스로 해결할 수 있는 문제가 아니라서 어쩔 수가 없고 글은 시간의 힘을 조금 빌려보기로 했다. 내 솔직한 심정은 어찌해서든 최대한 좋은 책을 만들어 내서 단 한 명의 독자에게라도 위로를 받고 싶다. 가까운 주변인에게 받는 위로 말고, 누군지 모르는 익명의 사람에게서 받는 그런 위로, SNS에 "저자님 책 잘 읽었습니다." 같은 단순한 말 한마디 말이다.

얼마 전 모든 것을 내려놓고 친구를 따라 스노보드를 타러 갔다. 운동신경이 있다고 자만하고 강습도 안 받고 탔다가 부끄럽게도 꼬리뼈에 금이 가고 말았다. 그렇지만 그날 꼬리뼈를 내어주고 얻은 사실이 있다. 스키장에 최소 열 번은 더 가봐야겠다는 것과 '무너져도 일어서는 사람이 되면 된다는 것.'

나무의 뿌리 같은 것, 그것은 마음의 상태다. 썩으면 모든 게 시들 것이고, 활기가 돌면 얼굴의 표정처럼 밝은 빛을 띠며 잎이 풍성해진다. 느껴지는 힘듦의 강도가 나날이 늘어나 그 때문에 무너지더라도, 어서 내 마음부터 덜 아프게 하고 괜찮다고 다독이는 사람이 되어 무너짐을 두려워하는 사람이 아닌, 무너짐이 두려워 버티려고 애쓰는 사람도 아닌, 무너져도 일어설 수 있는 사람이 돼라.

달을 위로

쉬는 날 밀린 피로감 때문인지 종일 잠만 자다가 저녁 늦게 모자 하나 눌러쓰고 나와서는 김밥가게에서 김밥 두 줄을, 카페에서 아메리카노 한 잔을 포장 구매해서 동네를 조금 걷다가 작은 공원 벤치에 앉아서 노래를 들었다. 그 때 신형원의 개똥벌레라는 노래가 내 플레이리스트에서 자동 재생됐다.

'가슴을 내밀어도 친구가 없네. 노래하던 새들도 멀리 날아가네.'라는 가사가 들려오자 마음이 쓸쓸해졌다. 안 그 래도 외로운 감정이 드는 찰나였다. 그리고는 노래가 끝날 때까지 그날의 달을 바라보고 있었다. 그때 나는 그저 눈 깜짝할 사이에 스쳐 가는 생명체일 뿐인데 저 달은 얼마나 외로울까? 하는 감성적인 생각이 들었다. 나는 혼자 끙끙 앓을 때 종종 달을 찾았다. 가만히 보고만 있어도 위로받을 수 있었기 때문이다.

그렇지만 그날은 내가 달을 위로했다. 달을 바라보며 말을 내뱉으면서 위로한다면 산책 나온 사람이 이상한 사람으로 볼 것 같아서 속으로 달을 위로하고는 시를 한 편 썼다.

"달님, 스쳐 가는 생명체입니다. 혹시, 달님을 위로한 생명체가 많은 편인가요? 그게 아니라면 저를 기억해주세요. 힘든 날이 있다면 당분간은 저를 찾아주세요. 항상 감사합니다."

우리는 힘들고 고독할 때
밤하늘 달을 찾는다.
그렇게 위로를 받고
괜찮아지면 잊고 살지.
그럼 달은 누가 위로해주나?
수놓은 수많은 별도
사실은 멀리 떨어져 있을 텐데
가끔은 우리가 달을 위로하자.

　그냥 정말 고맙다는 말로.

　혹시 밤이라면 달님에게 인사를 해보자. 당신이 인사를 걸어온다면 달님도 생각할 거다. '저 생명체도 청년이 쓴 책을 읽었구나.' 밤하늘을 지켜주는 달님에게 한 번 정도는 인사를 해도 괜찮다.

　그리고는 책을 다시 펼치기 전에 주변에 지인 중에 당연한 존재라고 생각했던 사람들을 떠올려보자. 부모님이나 항상 나를 위로해줬던 친구들 같은. 전화기는 그럴 때 쓰라고 있는 거다.

가질 수 없다면 나부터 가져라

요즘은 솔직히 나도 중심을 제대로 못 잡고 있다. 장사가 전부라고 판단해서 장사에 중점을 두고 취미 삼아 글을 쓰거나 운동을 하려 했다. 그렇지만 장사가 잘될 수 없는 시국이다. 그 때문에 글도 손에 안 잡히고 운동에도 집중이 안 된다. 다른 사람은 중점을 두고 있는 일이 잘 안 돼도 부수적인 일을 잘할지도 모르겠는데 나는 그게 정말 잘 안 된다. 마라톤 대회에 참가했는데 누군가에게 운동화를 뺏기고, 결승점까지 가는 에스코트를 잃어버린 것 같은 느낌이다.

코로나 19는 노력을 배신하게 하는 바이러스이기 때문에 어떻게 하면 내 불안감을 덜 수 있을지에 대해서 생각해봤다. 그랬더니 전부라고 생각했던 외적인 것을 단순히 내 안에 담고 절대적으로 내가 전부라고 생각하는 거다. 때에 따라서는 과감하게 비우기도 해야 한다. 장사도 전부가 아니고 글도 전부가 아니고 내가 전부인 거다.

내가 사랑했던 그녀를 포기하게 된 결정적인 계기가 있다. 내 곁을 떠나 곁에 없더라도 한 사람만을 사랑하는 게 그게 진짜 사랑이라고 알고 있었는데 어느 날 들었던 생각이 '곁에 없는데 어떻게 사랑할 수가 있는가?'였다. 참 어리석었다. 또한, 가장 후회되는 일이다.

나는 지금 자칫 노총각의 노선에 올라타 있다. 이런 사랑은 20세기 이전을 배경으로 한 소설이나 영화에서만 가능한 일이다. 내 시간은 계속 흐르고 있는데 지나온 삶은 어쩔 수 없다고 치더라도 앞으로의 삶이 너무 아깝다는 생각이 들었던 거다. '한 사람을 사랑하되 곁에 없는 사람 말고 곁에 있을 수 있는 사람을 사랑해야 한다는 것을' 너무 늦게 알아버린 거다.

내 몸과 마음이 다치면 안 되고, 내가 불행하면 안 된다. 이 말이 이해되지 않는다면 두 눈을 감고 손가락으로

귀를 막고서 30초를 세어보면 된다. 그리고는 외적인 것이 보이지도 않고 들리지도 않는 상태에서도 두려울 게 없고 행복할 수 있는 내가 될 수 있도록 노력해야 한다. 그게 우선이다.

게으른 사람은 사랑하지 마라

게으른 사람은 사랑하지 마라.

무엇이든 꾸준할 수도 없고

잠시 타오르다가도 익숙함에

쉽사리 꺼져버리는 불꽃이다.

사랑은 서로 부지런해야 한다.

연애를 잘하는 사람의 특징이 있다면 모든 것에 부지런하다는 거다. 이처럼 공부를 할 때도 일을 할 때도 자기계발을 할 때도 꾸준하게 이루어 내는 사람이 연애를 잘한다. 끈기가 있기 때문이다. 이별을 맛보더라도 빨리 다른 상대를 찾는다. 반면 연애를 못하는 사람의 특징은 모든 것에 게으르다는 거다. 공부도 일도 자기계발도 끈기 있게 하지 못한다. 그 때문에 귀찮거나 우물쭈물하다가 삶이 흘러버리는 거다. 귀찮음을 감수할만한 사람을 만나게 되더라도 잠시 타오르다가 익숙함에 쉽사리 꺼져버리는 불꽃이다. 따라서 이별 이후로도 이미 떠난 사람을 잊지 못하고 그 사람을 오랜 시간 원망하게 되는 거다.

연애하기 위해 가장 기본이 되는 것은 부지런한 사람이 되는 거다. 부지런한 사람이 되려면 분명 뼈를 깎는 노력이 필요하다. 결혼하고 부부가 됐을 때는 배로 노력해야 한다. 늘 강조하지만 '게으른 사람은 타인에게 피해를 주는 사람'이기 때문이다. 정신력도 없고 끈기가 없는데도 연애를 잘하는 사람은 단언컨대 사기꾼이다.

만약 당신이 적당히 부지런한 사람이라면 외모는 일시적이라는 것을 알고 상대가 부지런한 사람인지 먼저 알아볼 수 있어야 한다. 사랑이라는 것은 서로가 상대를 매일 아침 새롭게 다가오는 사람처럼 생각할 수 있어야 한다. 그래야 현실에 감사하고 꾸준히 노력할 수 있다.

관심도 금단 현상이 있다

오래전 SNS에서 글을 갓 쓰기 시작한 작가님 한 분이 맞팔하고 싶다고 물어왔다. 나는 소통하는 것을 제법 좋아하는 편이고 먼저 말을 걸어온 것에 대한 용기 때문에라도 흔쾌히 수락했다. 그 작가님은 젊은 사람들이 좋아할 만한 감성적인 글을 잘 쓰고는 했다. 그래서 책을 한 권 내보는 게 어떻겠냐고 용기를 실어주었다. 그리고는 시간이 제법 지나자 내게 언팔을 해도 되겠느냐고 물어왔다. 그래서 답변을 하기 전에 그 작가님의 피드를 들어가 봤더니 자신을 팔로우하는 팔로워의 숫자는 상당히 늘어 있었고 자신이 팔로우하는 팔로잉의 숫자는 한 자리 대로 줄어있었다. 나는 답변했다.

"언제든지 돌아오세요. 기다리고 있겠습니다. 다만, 그 기간 필자가 될 것인지 관종이 될 것인지 생각해보셨으면 좋겠습니다."

그 시점은 관종이 되어가는 시초이기도 했고 그 강을 건너면 굉장히 돌아오기 어렵다는 것을 알고 있었기 때문이다. 이러한 행위는 자신은 타인에게 관심을 두지 않지만 관심은 받고 싶다는 주의라서 좋게 생각할 수 없다.

그 후로 그 작가님은 돌아오지 않았지만, 책을 한 권 냈고 상당히 많은 판매량을 기록했다. 물론 직접 말은 안 했지만 나도 구매했었다. 내가 말하고자 하는 것은 관종을 나쁘다고 생각할 게 아니라 오히려 시대의 흐름에 따라 어느 정도는 관종이 되어야 한다는 거다. 자신이 자신을 홍보하는 시대는 이미 오래전에 왔기 때문에 관종이 되는 방법을 모르면 찾아가서라도 배워야 한다.

사실 나는 이 점에서 가장 취약하다. SNS는 새로운 콘텐츠를 올려야 더 많이 노출해 주는 알고리즘을 가지고 있는데, 나는 맨날 같은 종이 배경에 글 내용만 바뀌어 있으니 SNS AI 로봇이 다른 콘텐츠라고 인식을 하지 못해서 정말 잘 썼다고 생각한 글인데도 아예 노출해 주지 않았던 적이 다반사였다.

가끔은 내 인물사진도 조금 올리고 동영상도 올려보고 글귀 배경도 자주 바꾸면서 새로운 것을 시도했어야 했다. 이렇게 잘 알고 있으면서도 아직도 글만 올리고 있다. 내가 처음 시작했을 때는 한 가지 비슷한 콘셉트로 채워나가는 계정이 더 많이 노출됐었지만, 지금은 다채로운 콘셉트의 계정을 노출해 주듯이, 사실 SNS 알고리즘은 우주 같아서 또 어떤 변화를 불러올지 예상할 수 없다. 결론적으로 관종도 시대의 흐름을 따라갈 수 있어야 한다는 거다.

그 때문에 올바른 관종이 되겠다면 세 가지를 기억할 수 있어야 한다.

첫 번째는 먼저 다가갈 수 있어야 하고 어지간해서 상대가 나를 먼저 버리지 않는 이상은 끝까지 소통할 수 있는 마음가짐을 가져야 한다.

두 번째는 자신이 추구하는 색깔을 기반으로 하여 만들어 나가는 거다. 이것이 가장 어려운 숙제이며, 독창성이다. 누구나 하는 것들, 사탕 발린 그런 내용은 한때의 반응은 좋겠지만 오래갈 수 없다. 자신이 원하는 것을 만들어야 하는 데, 관심에 중독되면 자신도 모르는 사이 사람들이 좋아할 만한 것들을 인위적으로 만들어 내기 때문이다. 나아가 자신의 색깔을 잊어버리는 현상이 발생한다.

세 번째는 언젠가 타인의 관심이 줄어들더라도 그 공허감에 외로워하지 않아야 한다. 자신이 원했던 것이 타인의 관심이 아니었다는 것을 깨닫는 좋은 경험이 되기도 하니까 말이다. 이 사실을 미리 알 수 있다면 참 좋을 텐데, 세상의 알고리즘은 빛의 속도로 바뀌고 있기 때문에 언젠가는 따라가지 못하는 날이 오기 마련이다.

관심에도 금단 현상이 있다. 흡연을 즐기던 사람이 갑자기 금연해야 한다면 얼마나 괴롭겠는가? 만약 뒤늦게 이 글을 봤다면 반드시 이겨내고 극복해서 원래대로의 건강한 마음을 찾기를 바란다. 사실 이 세 번째를 전달하고 싶어서 앞의 내용을 썼던 거다.

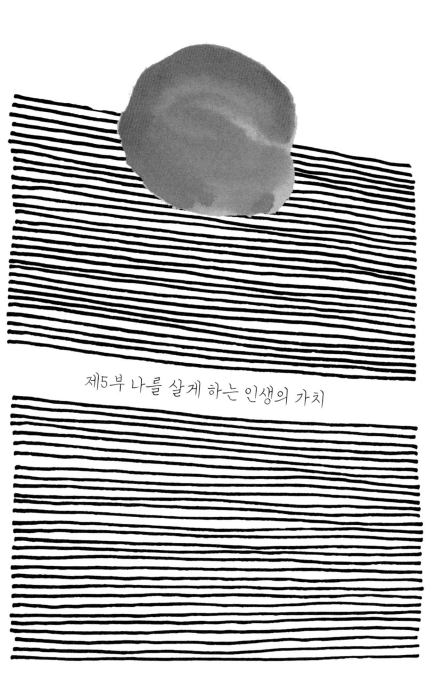

제5부 나를 살게 하는 인생의 가치

나를 힘들게 하는 것은 오로지 나 자신이다. 내 탓이 아니면 남 탓도 아니다. 불행의 이유를 외적인 데서만 찾지 마라. 자신이 추구하는 완벽함을 자각하고 그것과 가능한 한 멀어질수록 되레 행복과 가까워질 수도 있다. 어떠한 운동 종목이든 챔피언이 도전자보다 부담감이 크다. 우리는 어떠한 순간에도 자만하지 말고 도전자의 마음가짐을 겸비해야 한다.

돈만 저축할 수 있을까

　나는 외할머니가 돌아가신 다음 해에 즉석 사진기를 샀다. 스마트폰도 충분히 역할을 해주지만 아날로그 감성을 따라올 수 없다고 생각해서다. 필름 가격을 무시할 수는 없지만 아깝다고 생각하지 않고 훗날 내게 필요한 저축이라 여기며 막 찍어대고 있다.

　드라마나 영화처럼 시간 이동을 할 수 있는 것도 아니고 타임머신을 내가 실제로 본 적이 없어서 그것을 믿을 수도 없다. 우리는 미래로만 간다. 그 때문에 미래에 필요하리라 생각되는 것들에 조금만 더 집중해서 지금부터라도 준비하는 마음가짐을 가져야 한다. 돈만으로 되지는 않는 것이 무수히 많다는 것을 알아채고 멈추지 않는 시간을 원망하기보다 주변을 한 번이라도 더 둘러보는 게 아름다운 일임을 깨달아야 한다.

오래전에 친한 친구가 내게 한 말이 있다. 그 친구가 일했던 작은 회사의 사장님이 친구에게 물었다.

"너는 돈이 중요하니? 건강이 중요하니?"

친구는 답했다.

"건강 아니겠습니까?"

사장님은 답변을 듣고는 이렇게 말했다.

"틀렸다. 내가 아주 오래전 정말 가난했을 때 수술을 못하면 죽을병에 걸렸었다. 그런데 수술비가 없더구나. 그때 어머니께서 어떻게든 돈을 구해서 나를 살려내셨지. 사람 일은 어떤 일이 벌어질지 모르는 법이다. 그래서 돈이 중요한 거다."

이 이야기를 듣고 솔직히 정말 솔깃했었다. 자본주의 사회이기 때문에 더 와 닿았다. 그 친구는 지금도 오직 돈이다. 하지만 나는 언제나 건강을 택하고 싶다. 건강해야 돈을 벌 수 있으니까 말이다.

얼마 전 고향 친구 녀석 몇 명이 가게로 불쑥 찾아왔다. 돈에 관한 이야기를 하다가 한 친구가 물었다. "가게를 넓

혀서 돈을 많이 버는 게 목표가 아니냐?"고 말이다. 솔직히 처음에는 그렇게 생각했었다. 나는 돈과 관련된 베스트셀러 저서를 제법 많이 읽은 사람임에도 앞서 말한 친구의 사장님 이야기를 덧붙이며 그들이 듣기에 엉뚱한 답변을 했다.

"나는 보험비 꼬박꼬박 밀리지 않고 내는 게 목표다. 사람은 저마다 소신이 다른 법이다."

그리고는 말을 이어나갔다.

"내가 존경하는 나태주 시인이 한 인터뷰에서 이런 말씀을 했다. 내 본업은 시인이고요. 직업은 교장 선생님입니다. 나도 그와 같다. 내 꿈은 출판을 통해 얻는 저자 인세 전액으로 아동 청소년 취약계층을 돕는 것이고, 국밥집을 운영해서 버는 돈이 터무니없더라도 오직 정직하게 장사를 이어간다면 비록 굶어 죽기 일보 직전에서 발버둥을 치며 살만큼 돈을 많이 벌지는 못하겠지만 절대 망할 일은 없다고 생각한다."

그랬더니 다른 친구 한 명이 입을 열었다.

"너희가 부럽다. 나는 혈우병이 있어서 보험도 못 든다. 그래서 무조건 돈을 많이 벌어야 한다."

혈우병은 피가 멎지 않는 질환이다. 이 말을 듣고는 살짝 무안해져서 이렇게 이야기를 했다.

"유명한 부자 중 몇 명이 그런 말을 하더라. 보험료 돈 아깝다고. 차라리 더 투자하고 저축하는 게 이득이라고."

조심스레 위로하고는 이야기가 끝이 났다.

우리 저마다는 삶이라는 불씨가 타오르고 있을 때 만일에 있을 일을 준비해야 한다. 이것이 삶이 내어준 하나의 숙제인 거다. 많은 추억을 모아야 하고 때로는 이곳이 지옥인지 분간이 안 갈 만큼 노동해야 한다. 이처럼 매 순간을 흘려보내지 않고 인생이라는 선에 대하여 점을 찍듯 기억에 남는 하루를 살아야 한다. 돈만이 전부가 아니라는 것을 깨달은 이후로부터 남은 삶의 행복이 결정된다. 이것이 저축하고 싶은 내 소신이다.

낭만을 찾아야 할 때다

2020년 3월쯤에 두 번째 저서 원고를 마무리 지을 때쯤 코로나 19 바이러스에 대해서 언급을 해야 할지 말아야 할 지 고민을 많이 했다.

이제 막 확진자가 300명에서 400명 대를 웃돌고 있었을 때였는데, 고민 끝에 많은 내용은 아니지만 아주 간략하게 언급했었다. 고민한 까닭이 있다면 그때 당시만 하더라도 이 바이러스가 금방 종식될 것인지 아니면 정말 더 길어질 것인지 예측할 수 없었기 때문이다. 그 후로 지금까지도 결국 종식되지 않았고, 아쉽지만 조금은 더 이어질 것 같은 예감이 든다. 이 책이 나올 때쯤이든 나오고 시간이 지났을 때쯤이든 완화되기를 바랄 뿐이다.

소상공인인 내가 느끼기에도 점진적으로 괴로움이 증

폭되어 가고 있다. 우리 가게의 매출 70% 이상은 22시 이후에 만들어졌었는데, 20시부터 00시까지 변칙적으로 영업을 못 하게 하니까 그만큼 매출이 줄어들 수밖에 없다. 솔직히 폐업하라는 뜻이나 다름이 없다. 소상공인이라면 누구도 다를 것 없이 모두가 그럴 거다.

코로나 19는 우리의 고통이자 관심사다. 이 시국에 코로나 19가 가져온 가장 큰 변화는 두 가지다.

첫 번째는 제한 시간 때문에 손님이 눈에 띄게 줄었다. 제한 시간이 풀린다고 해도 우리 가게가 동네에 있다 보니 그 동안 억눌려 있던 손님들이 시내로 나가버리면서 궁극적으로 손님이 줄어드는 현상이 발생하는 거다.

두 번째는 계산기를 내려놓게 할 만큼 물가가 폭등했다. 이 와중에도 좋은 사업 수단으로 위기를 기회 삼아 더 많은 돈을 벌고 있는 사람들도 더러 있다. 하지만 보편적으로 그렇지 않은 사람들의 한숨이 공기를 가득 메우고 있다. 그렇다면 우리는 어떻게 해야 할까?

'힘이 들고 세상 모든 게 비싸다고 느껴진다면 우리는 잊었던 낭만을 찾아야 한다. 그러기 위해서는 사소한 것에 감동하고 또 타인에게 감동을 주고 그것에서 행복을 느껴야 한다. 그리고 기억해야 한다. 현재라는 것은 딱 10년이라는 시간이 흘렀을 때 자연스레 낭만으로 변한다. 과거의 그 풍경은 절대 돌아올 수 없기 때문이다.'

　이 짧은 글귀가 현 시국과 다가올 모든 순간의 해결책이다. 금전적으로 여유가 있어서 비싼 물건을 수집하는 것에 취미를 가졌던 사람은 지금까지 살아왔던 삶과 전혀 다르게 낮은 산이라도 올라 자연에서 만족감을 얻거나, 모임과 사교활동을 즐기던 사람은 그리 비싸지 않은 책을 사서 사람에게서 오는 깨달음을 잠시 뒤로 하고 책에서 오는 깨달음을 얻는 것처럼 사소한 것에 감동하고 행복을 느껴야 한다. 코로나 이전에 다짐했던 목표와 계획을 과감하게 지우라는 말이 아니다. 포기하라는 것도 아니다. 그저 보류하라는 거다.

　언젠가 이 시국을 지나 새로운 기회를 다시 만나게 되면 그동안 느꼈던 색다른 깨달음이 당신을 더 나은 지점으로 옮겨 놓았을 거다. 현실을 불행한 마음으로 직시하라는 게 아니라 낭만으로서 행복한 마음으로 직시하라는 거다.

스포트라이트

첫 번째 저서를 출판한 이후 판매 부수를 듣고는 충격이 이만저만 아니었다. 실제 내 지인들이 책을 읽는 사람이 아니라고 하더라도 그냥 구매해줄 거라는 큰 착각을 했던 거다. 독서를 하지 않는 사람이 어떻게 필요 없는 책을 사겠는가?

그러던 어느 날 부산 송정 해변에서 나이가 지긋한 관상학자에게 관상을 봐달라고 했었다.

"이마 한 번 까보세요."

나는 이마를 깠다.

"예체능에 능한 사람이네."

그는 그렇게 말하면서 예체능에 대해서 종이를 꺼내 설명을 했다. 주름진 손으로 배우, 가수, 운동선수, 작가 등

대략 6가지의 보기를 적어줬던 것 같다. 그리고는 '작가'에 동그라미를 치더니 이마 한 번 더 까보라고 해서 또 깠다. 내 관상을 한 번 더 보고는 동그라미 친 작가에 줄을 그어 길게 옆으로 빼내더니 '에세이'를 적으며 말했다.

"그것도 에세이 작가네."

나는 놀라서 하는 말을 가만히 듣고만 있었다. 그러자 관상학자는 말을 이어나갔다.

"내 말이 맞는다면 나중에는 소설을 쓰세요. 소설을 써야만 대성할 관상입니다."

이날의 관상학자의 말 한마디가 마치 고독한 내 시간에 비친 달빛처럼 느껴졌었다. 그리고는 생각했다. '언젠가 다음 저서를 출판하면 조금 더 팔 수 있겠지.' 이기주 작가의 9번째 저서이자 대흥행을 기록한 《언어의 온도》 또한 마찬가지다. 이기주 작가는 매일 서점에 들러 시장 조사를 했고 큰 노력을 기울였다고 한다.

책이 잘 안 팔리던 시절에는 이기주 작가의 어머니가 온 동네 서점을 들러 몇십 권씩 책을 사 오고는 했다고 한다. 내 어머니도 마찬가지였다. 온 동네 서점에 들러서 왜 이 책은 진열되어있지 않은지 물으며 주문을 하시고는 했다.

이 책 또한, 잘 된다는 보장이 없다. 잘 된다고 하더라도 시샘과 질투하는 사람이나 반론을 가진 사람이 나를 가만히 내버려 두지 않을 거다. 그래도 그들에게 감사할 수밖에 없다. 적어도 돈을 주고 이 책을 구매해주었으니까. 달빛과 동행하는 고독한 시간 동안 달빛은 내게 언제나 겸손하고 그 어떠한 관심에도 감사하라고 말했다.

빛에도 암묵적인 무게가 있다. 자신을 비추는 스포트라이트의 밝기를 감당할 수 있는 사람은 적어도 밤하늘 고요한 달빛과의 시간을 진정 아는 사람일 거다. 그 시간에 온전히 감사하며 또 그 시간 동안 큰 빛을 견뎌낼 자신의 부족함을 채워나가야 한다.

기회는 알림 음이 없다

사실 이 책을 집필할 때 이 주제를 가장 먼저 썼었다. 로또 복권을 사 놓고 마냥 기다린다고 1등이 당첨되는 건 아니라며 기회는 기다리는 게 아니라는 것을 강조했다가 지웠고, 지금껏 살아오면서 109번의 입사 지원에 실패하고 지금은 국밥 가게를 운영하고 있다며 과거의 실패가 없었다면 지금의 나는 없을 것이라는 내용을 적었다가도 지웠다. 마지막으로는 친구의 빨간 반바지를 사러 가는 길에 새로 생긴 터널을 실수로 잘못 진입하는 바람에 길을 헤매고 짜증이 났지만, 면접에 늦을 뻔했던 어느 날 그 터널이 내비게이션도 알려주지 못한 마법 같은 지름길이 되어줬었다고 썼다가도 지웠다. 왜냐하면, 이 주제를 잘 쓰고 싶어서였다. 잘 쓰고 싶은 마음에 본문이 간단명료하지 못하고 흐지부지해졌다.

나는 이 책에서 가장 힘을 싣고 싶었던 주제조차 제대로 써내지 못할 만큼 필력이 뛰어난 필자가 아니다. 그래서 앞선 두 권의 저서가 보기 좋게 실패했다. 온전히 글을 포기하려고도 했었다. 나는 원고를 만들어놓고 최소 500여 곳에 출판사에 투고한다. 아니면 1,000곳이라도. 그러다 내 필력과 기획성을 생각하지 못하고 나를 알아봐 주는 출판사가 이리도 없는가 하고 한탄에 빠지기도 했다.

글쓰기를 배워본 적도 없는 사람이다. 국문과나 문창과를 나온 작가만이 베스트셀러 작가가 된다고 자책하기도 했다. 그래서 필력이 좋다고 소문난 유시민 작가의 책을 사서 읽어봤다. 유시민 작가가 전달하고자 하는 메시지는 다섯 자였다. '꾸준히 써라.' 글쓰기에도 근육이 있어서 꾸준히 써야 실력이 는다는 말이다. 헬스 사우나에 있는 몸이 조각 같은 아저씨도 똑같은 말을 했다.

"헬스장에 안 빠지고 꾸준히 나와서 오래 운동하면 몸이 좋아지게 되어있다."

나는 그들의 말을 믿어야 했다. 유시민 작가의 필력과 헬스장 아저씨의 몸이 나를 신뢰할 수 있게 했다. 그 후로 배달원이라는 위험한 직업을 가진 탓에 유서를 쓰려고 노력했고, SNS에도 글귀를 꾸준히 올렸다. 그랬더니 내 색깔을 긍정적으로 생각한 출판사의 담당자가 연락을 해왔고 기회를 잡을 수 있었다. 그 때문에 절실한 마음으로 이 책을 집필했다. 물론 출판사가 원하는 글을 쓸 수 없어서 돌아섰지만 절실함은 그대로다. 따라서 이 책을 읽는 독자들이 이 책의 내용 중 한 문장이라도 마음에 들었다면, 다른 독자에게 추천해줬으면 하는 바람이 있다. 그런 독자들이 있음에 나는 영원토록 감사할 거다.

　글귀를 하나 남긴다. 이 짧은 글귀를 이 방법 저 방법으로 포장해봤지만, 결국은 이 자체가 '가장 강한 메시지'라는 결론을 얻었다.

　기회는 내게 올 때 미리 연락하지 않는다. 잠든 나를 깨우지도 않는다. 그래서 놓치는 건 당연한 일인지 모른다. 하지만 만날 준비가 된 사람과 아닌 사람의 차이는 확연하며 아쉬운 실패가 되레 기회가 될 확률은 생각보다 높은 편이다.

포기는 포기가 아니다

처음 어떤 출판사에서 제안을 해왔을 때 지금으로서는 가게를 어떻게든 살려보는 게 내가 가장 몰두하고 있는 일이고, 마음의 여유가 메말랐고 장사에 물들어 있었다. 앞서 출판된 두 권의 책과 비교했을 때 내가 쓴 글이 맞나 싶을 정도로 성격이 많이 변해서 어조가 고르지 못하다는 사실을 알고 있었지만 그래도 설명은 들어보고 싶어서 대화를 시도했고 내 메시지를 독자와 이어주겠다는 말에 오래 걸리겠지만 도전해 봐도 되겠다는 생각이 들어서 쓰게 됐다.

나의 글에 상품성이 있든 없든 내가 쓰고 싶은 글을 쓰려고 했더니, 나라는 사람이 해낼 수 없는 방향을 요구했던 것 같다. 물론 내 부족함이 많아서 그랬을 거다. 전달하고자 하는 메시지와 사례, 결정적으로 독자의 이해와 공감이 중요했던 거다. 몇 번을 다 지우고 또 수정해보다가 그 냥 담당자에게 말했다.

"안 하면 안 될까요? 제가 스트레스를 너무 많이 받습 니다."

내가 전달하고자 하는 짧은 메시지 속에는 때에 따라 수 많은 사연이 함축되어 있는데 모두 다 보여줄 수는 없더 라도 반은 보여주고 싶었다. 그렇게 거절을 하고 노트북을 덮었다가 하루 지나서 다시 열었다. 아무런 준비가 되어있 지 않은 상태에서 진행됐던 집필이라 솔직히 하루하루가 너무 불안했다. '내일은 어떤 글을 주제로 가져올지 또 수 정해오라고 하면 어쩌지!' 하면서 힘들었던 거다.

작가라면 이겨내야 하는 숙제지만 자신의 색깔을 온전 히 버리고 싶지는 않았다. 나는 이 과정에서 '부딪히면서 준비할 수 있는 일이 있고, 준비가 끝나야만 부딪힐 수 있 는 일이 있다는 것을 깨달았다.' 내가 글을 집필하는 방법 은 원고를 한 달에 걸려 쓰더라도 두 달에 걸쳐 퇴고와 수 정을 하는 식이다. 그래서 노트북을 다시 열었을 때 처음 에 내가 쓰고자 했던 한글 파일을 다시 클릭했다. 물론 수 정하는 과정에서 30% 이상이 지워졌지만 가능한 한 다시

찾아오기 위해서, 내 색깔을 잃지 않으려 노력하면서 이어
나갔다.

내게 다가와 준 출판사에는 참 감사한 마음이지만 내가
쓸 수 없는 글은 앞으로도 쓸 수 없다. 만약 써낸다고 하더
라도 그 글에 애착이 가지 않을 것 같다. 단순 필자로 남겠
지만 나 자신을, 소수에게 깊은 울림을 줄 수 있는 사람이
라 조심스레 생각한다. 절대, 자만이 아니다. 자부심은 잃
지 않고 싶다.

포기해야 할 때는 내 부족함이 무엇인지 무엇을 준비해
야 하는지 두 눈으로 똑똑히 보고 과감하게 돌아서라.
부딪히면서 준비할 수 있는 일이 있고 준비가 끝나야만
부딪힐 수 있는 일이 있다. 지금 안 되면 다음에 제대로
부딪히면 된다.

더 소중함을 만났다는 신호

이 책을 집필하기 시작했을 때 환경적으로 준비되어 있지는 않았지만 가게 영업시간을 잘 쪼개서 좋은 책을 만들어보고 싶은 마음이 앞섰다. 그렇지만 내가 느끼기에도 좋은 글을 쓸 수가 없었다. 아무래도 코로나 시국을 살아가는 소상공인이다 보니 마음의 상태가 온전하지 못해서다.

배달 서비스를 운영하는 가게가 급속도로 늘어나서 배달 손님이 무수히 줄었고, 매장 손님 또한 많이 줄었다. 같은 내용을 여러 번 반복할 만큼 스트레스를 많이 받는다. 잠들 때 숨통이 막혀오고 내일이 두려울 때도 더러 있다. 그래도 나는 글이 좋아서 글귀를 만들거나 책을 집필할 때는 나만의 세상에 빠져서 온전히 집중하고는 했었다.

그 예상은 이번에는 달랐다. 글에서 예민함과 공격성이

보였다. 나는 조금씩 나아지겠지 하는 생각으로 꾹 참고 한 달 가까이 노력했다. 그때 들었던 생각이 '이건, 내가 쓰고 싶은 글이 아니다.'였다. 그 부분은 천천히 수정하면 문제 될 것이 없을 것으로 생각했지만, 끊임없이 표현하고자 하는 주제에서 내 마음의 상태 때문에 어긋나는 것이 문제였던 거다. 결국, 완성되기는 하겠지만, 소설도 아니고 실용서도 아니므로 끝을 보려면 시간이 굉장히 오래 걸리겠다는 생각이 들었다. 그래서 죄송한 마음을 뒤로한 채 출판사에 연락해서 단호하게 거절했던 거다. 그 후 일주일 뒤에 출판사에서 다시 연락을 해왔을 때도 거듭 거절했다. 내게 다시는 오지 않을 기회일지도 모른다. 그렇지만 나는 내 가게를 살리는 게 우선이다.

불평과 원망 후회는 나중에 생각할 일이다. 하루 아침에 내게 가장 소중한 어머니를 실업자로 만들 수 없다. 그 시간에 새로운 메뉴를 계발하고 가게 홍보와 시대의 흐름을 읽기 위해서 노력하는 게 늦더라도 더 좋은 책을 만들 방법이라고 판단했다. 유명한 전업 작가들만큼은 아니더라도 나는 글을 좋아하는 사람이고 아쉬움이 상당히 크게 느껴졌기 때문에 이 점 또한, 마음의 상태를 불안하게 하겠지만 그래도 내 가게가 우선이다.

　두 가지 일 중 하나를 선택해야 한다면 남은 한 가지를 포기하는 것이 아니라 보류해놓고 언젠가 다시 도전할 수 있을 때 하면 된다. 다만 이번 고민의 과정에서 내 생각만 해도 모자랄 판에 두 아이의 엄마가 된 내 친누나가 왜 이리 자꾸만 생각이 나는지 모르겠다. 학창 시절 내내 여자로서는 받아들이기 힘든 스포츠머리를 해왔고 배드민턴 선수, 아니라면 지도자의 길을 꿈꾸었을 거다.

　누나는 아이를 낳고 나서 머리가 자꾸 빠져서 대머리가 되겠다고 농담을 해온다. 조카 녀석들이 얼른 자라 줘서 누나가 할 수 있는 것들을 도전할 수 있었으면 좋겠다는 생각이 들면서도 한편으로는 그 세월만큼 누나도 나이가 들 것이라는 생각에 결국에는 아무 말도 못 하고 통화를 끊고는 한다.

　맞다. 남은 한 가지를 보류한다면 어쩌면 추억 속으로만 묻어두고 말아야만 할지 모른다. 초등학교 시절 사실 축구가 더 좋았는데 축구부 스카우트 제의를 뒤로하고 야구부가 있는 학교를 전학을 갔을 때도, 맞는 게 싫어서 야구를 그만뒀을 때도, 중학교 시절 사춘기 때문에 사격부를 박차고 나왔을 때도 마찬가지다. 지금 내가 글보다 가게에 중점을 두려는 것처럼 시간이 지났을 때 솔직히 아쉬움은 남을 수 있다. 그렇지만 언제나 그것이 최선의 판단이었다는 것을 잊어서는 안 되겠지.

    잃고 싶지 않았던 것을 스스로 잃을 때
    놓고 싶지 않았던 것을 스스로 놓을 때
    그때야말로 소중함을 깨달은 순간이다.

존경하는 인물은 누구인가

109번의 입사 지원을 하는 동안 절반 정도는 존경하는 인물을 배달원 故 김우수 선생님이라고 기재했었다. 그는 7살부터 보육원 생활을 했고 홧김에 저지른 방화 사건으로 교도소 수감 생활을 하던 중 어려움에 부닥친 아이들을 알게 되었고, 본인의 삶과 닮아있는 아이들에게 출소 이후로도 2006년부터 삶을 마감하던 2011년까지 70만 원 남짓한 월급 일부를 5명의 아이에게 후원했다.

삶을 마감하고도 4천만 원의 종신보험액과 장기기증 서약 등 마지막까지 모든 것을 나눴다. 또한, 2011년 대통령 표창까지 받게 된다. 故 김우수 선생님을 그리며 짧은 시를 한 편 쓴 적이 있고, 아꼈던 친구 이야기를 풀어내며 두 번째 저서에 수록했었다.

천국의 간부

안타깝지만 착한 사람이
갑작스레 삶을 마감하면
천국의 간부 자리가 또 하나
생겼다고 생각하고는 한다.

故 김우수 선생님은 내가 책을 팔아 얻는 저자 인세 전액으로 기부 활동을 하는 데 제일 큰 영향을 준 사람이며, 장사할 때 마진율보다 제대로 된 정직함을 택하게 한 결정적인 장본인이다.

또한, 故 김우수 선생님은 두 번째 저서에 제목을 《삶의 향기도 배달해 드립니다》라고 정하게 했던 결정적인 인물이다. 처음에는 저서의 제목을 《배달원의 자기계발서》라고 정했다가 대경북스 대표님이 더 멋진 제목을 지어주셨던 거다. 나는 안 해본 일이 거의 없지만, 그중에서 배달업에 몸담았을 때 단 한 번도 나 자신을 부끄럽게 생각한 적이 없다.

두 번째 저서의 수익 전액으로 취약계층 아동 청소년에

게 라면 박스를 나누었고 코로나바이러스가 중국 우한에 있을 때부터 가슴에 소독 분무기를 차고 다니며 음식을 건네줄 때 분사했다. 나아가 엘리베이터 버튼부터 시작해서 사람 손이 자주 탈 만한 곳에도 분사했다. 이 말을 믿지 못하겠다면 인터넷 포탈 〈지식 in〉에 물어봐도 된다.

"울산에 소독 분무기를 뿌리는 국밥 배달원이 있나요?"

그렇지만 배달원에 대한 사회적 인식을 예상하지 못했다. 어떠한 집단에서 사람 소수가 정의롭다고 하더라도 다수가 그렇지 않다면 똑같은 사람이 되며 비난을 피해 갈 수 없다. 평균적인 사람의 시야의 폭이 그 정도 수준밖에 되지 않기 때문이다.

이 점에서 내 판단이 틀렸던 거다. '책을 읽는 사람은 시야의 폭이 넓을 것이다.'가 아니라 '책을 읽는 사람이라고 하더라도 사실상 천차만별이다.'라고 말이다. 그렇지만 앞서 요제프 슐츠의 이야기를 들려줬듯이 나는 이러한 사람들을 존경할 뿐이다.

그 때문에 다른 사람의 눈에 내가 독특해 보일지 몰라도 내 소신을 확고하게 믿고 나아가는 거다.

하루를 맞이하는 태도

어제 기분이 안 좋았다면 그것을 오늘로 가져오지 마라. 지금 기분이 안 좋다면 그 또한, 내일로 가져가지 마라. 이 것이 우리가 새로운 하루를 맞이하는 올바른 태도라고 볼 수 있다. 스트레스라는 것은 회피하는 게 아니라 부족할 때는 채워 넣고 불필요할 때는 비워내면서 싸워 이겨내서 극복하는 거다. 또 잠들기 전까지 기분이 좋아지려면 매일 하루 중 타인에게 질타보다 칭찬을 더 많이 해야 한다. 타 인을 대하는 태도가 사실 내 기분이기 때문이다.

다소 중구난방이었던 이 책의 마지막에 기분에 대해서 이야기하는 까닭이 있다. 마지막 내용이 독자의 기억에 오 래 남을 수 있다면 나는 당신의 기분이 언제나 좋았으면 하는 바람이 있기 때문이다. 사람이 살아가다 보면 기분이 계속 좋을 수만은 없다. 오늘 누구와 다투었다고 하더라도 또 어떠한 것에 상처를 받았다고 하더라도 앞으로는 그 또한, 잠시일 뿐이다. 만약 좋지 않은 기분으로 이 책을 읽었다면 좋을 때도 다시 읽어볼 수 있었으면 좋겠다. 나 또한 수차례 내 원고를 읽으면서 기분이 안 좋을 때는 흥행하지 못할 것 같다가도 기분이 좋을 때는 무조건 베스트셀러가 될 것 같다는 생각에 잠기기도 한다. 희망차고 행복한 상상 아니겠는가? 이처럼 매우 큰 차이를 가져온다.

인생에서 그 무엇보다 가장 중요한 것은 자신의 기분일 거다. 그래야 더 많이 행복할 수 있지 않겠는가? 그래, 결국 기분 좋은 사람이 돼라.